2018. Dritte Auflage. Ungekürzt.

DIE
GLASHÜTTE

Ein Roman von
Daniel Bock

Dritte Auflage.
Copyright © Daniel Bock, 2018.
Herstellung und Verlag: BoD – Books on Demand,
Norderstedt
Alle Rechte vorbehalten.
ISBN 9783758311598

Für Müller, Leichsenring und Bock

Badlands, you gotta live it everyday,
Let the broken hearts stand
As the price you've gotta pay,
We'll keep pushin' till it's understood,
and these badlands start treating us good.

- Bruce Springsteen, Badlands

Eins

Aus der Ostthüringer Zeitung vom 13.12.2011:

Region verliert 250 Arbeitsplätze: Glaswerk Obergrundbach schließt.

Ein großes Jubiläum sollte es werden im Jahre 2012: 400 Jahre Glasproduktion in Obergrundbach. Dazu wird es nun nicht mehr kommen. Die PSP Group Europe kündigte heute das Aus für etwa 250 Arbeitsplätze am Standort an. Verhandlungen über einen Sozialplan laufen.

Das nennt man Timing: Genau eine Woche, nachdem in dem Ort offiziell mit den Planungen für die 400 Jahr-Feier des Glaswerks begonnen hatte (wir berichteten), kündigt die PSP Group Europe das Ende der Produktion am Standort Obergrundbach an. Das bestätigte das Unternehmen mit Sitz in Belgien, welches das Werk erst vor wenigen Jahren von der Gründerfamilie Dietz übernommen hatte. Betroffen von der Schließung sind etwa 250 Mitarbeiter, die in einem Brief über die Pläne informiert wurden. Darin heißt es, das Engagement der Mitarbeiter in Thüringen habe diesen Schritt zwar schwer gemacht, der aktuelle Markt sowie die Zukunftsaussichten machten diese Entscheidung allerdings unumgänglich.

Bereits im Jahre 1610 wurde von der Familie Dietz, die im Jahre 1612 die Glashütte gründete, in Obergrundbach das erste Glas geschmolzen. Im Jahre 1656 gründete die Dietz-Familie ein weiteres Werk in Oberfranken, sowie 1949 ein drittes in der Eifel. Nach der Wende konnte die mittlerweile zur Dietz-Glas GmbH & Co. KG formierte Gesellschaft das Werk in Obergrundbach wieder übernehmen und den Standort ausbauen. Unter großem Protest, verkaufte der 68-jährige August Eugen Dietz die Dietz-Glas im Jahre 2007 an das US-Amerikanische Unternehmen PSP Group, einen der führenden Hersteller von Glas-Artikeln, der weltweit über mehr als 30 Standorte verfügt. Die PSP Group habe seinerzeit zu den großen Konkurrenten auf dem Markt gezählt, berichtet Horst Schott, der von 1983 bis 2001 als Betriebsleiter in Obergrundbach tätig war. Nach seiner Einschätzung habe Obergrundbach bis zuletzt die beste Qualität unter den drei europäischen PSP Group-Standorten geliefert, zu denen noch ein Werk in Tschechien und ein Werk in Belgien gehört, wo die Europazentrale des 2300 Mitarbeiter zählenden US-amerikanischen Unternehmens ist. Trotz der hohen Kosten für Energie habe man in Thüringen preiswerter produzieren können als in Belgien, so Schott. Dennoch entschloss sich das Unternehmen für die Schließung.

Für den zur Verwaltungsgemeinschaft (VG) "Lichte am Rennsteig" zählenden Ort ist die Schließung der Hütte - wie das Werk von seinen Mitarbeitern und den Bewohnern der Region genannt wird - bereits der dritte herbe Schlag in kurzer Zeit. Zunächst hatte die Firma Formion eine Produktionslinie nach Osteuropa verlegt, dann musste zu Jahresbeginn die Firma Hau Insolvenz anmelden und wird derzeit von einem Insolvenzverwalter geführt, und erst vor Kurzem musste das benachbarte Schmiedefeld die Nachricht verkraften, dass das dort ansässige Schaumglaswerk geschlossen wird.

**

Sebastian kam am 13.12. mit zweieinhalbstündiger Verspätung am Saalfelder Bahnhof an. Es hatte den ganzen Tag über geschneit; auf der Strecke Berlin/Erfurt (ICE) stauten sich die Züge und auf der Strecke Erfurt/Saalfeld (Regio) bestand Pendelverkehr. Während Sebastians Freunde die letzten Weihnachtseinkäufe tätigten, Glühwein tranken oder sich fürs Watergate bereit machten, war er auf dem Weg zur Beerdigung seines Großvaters.

Der Saalfelder Bahnhof war nur spärlich beleuchtet und die

wenigen gelben Lampen konnten sich gegen das starke Schneetreiben kaum durchsetzen. Sebastian ging direkt hinunter in die kleine Bahnhofshalle (leer) und dann nach draußen zum Parkplatz. Es standen nur vier Wagen auf dem Parkplatz und nur einer, in dem Licht brannte. Sebastian zündete sich eine Zigarette an und ging hinüber. Ein junger Mann saß am Steuer des roten Audi A9 und tippte etwas in sein Smartphone (Galaxy). Sebastian klopfte an die Scheibe, der junge Mann schreckte kurz zusammen und drehte sich zu Sebastian um. Als der junge Mann Sebastian erkannt hatte, legte er seinen Kopf auf die Seite und zeigte Sebastian einen Vogel. Danach öffnete er die Tür.

"Du Assi!", sagte Benjamin.

Seit dem letzten Mal, dass die beiden sich gesehen hatten, hatte Benjamin nochmals an Oberarmumfang und im Nacken zugelegt. Sebastian hingegen hatte sich kaum verändert. Beide Männer trugen ihre Haare kurz. Als Benjamin ausgestiegen war, umarmten sich die beiden.

"Na, Hauptstädter", sagte Benjamin.

"Na, Hauptschüler", erwiderte Sebastian und klopfte seinen jüngeren Cousin auf den Rücken.

"Was macht das Geschäft, Großer?"

"Frag lieber nicht. Bei dir?"

"Hör mir auf!"

Benjamin ging nach hinten und öffnete den Kofferraum. Sebastian folgte ihn und stellte seine Reisetasche und seinen Rucksack hinein. Danach schloss Benjamin den Kofferraum mit einem ordentlichen Schlag.

"Ich rauch noch schnell auf."

"Mach nur, mach nur."

"Hast du lang gewartet?"

"Ne Stunde."

"Ja, sorry. Wir standen dann echt noch ewig zwischen Halle und Erfurt herum. Im Winter ist das immer eine Scheisse mit der Bahn."

"Wärst doch mit dem Auto gekommen."

"Ich hab ja noch nicht mal einen Führerschein, mein Lieber."

"Immer noch nicht?"

"Na, was brauch ich den denn in der Stadt?"

"Keine Ahnung. Aber hier brauchst du einen. Und nur damit du's weißt: Ich kann dich nicht die ganze Zeit rumkutschieren. Ich hab auch einiges zu tun."

"Hab ich das verlangt?"

"Ich wollt's nur gesagt haben."

Sebastian nahm den letzten Zug von der Zigarette, dann schmiss er die Kippe in den dreckigen Schnee und die beiden stiegen ein.

"Bei uns ist nämlich grad ordentlich die Kacke am Dampfen."

Im Wagen war es warm und es roch süßlich nach dem Wunderbaum (Piña colada), der am Rückspiegel hing. Der Wunderbaum war Camouflage-Farben.

"Netter Wagen", sagte Sebastian, während er sich den Gurt umlegte.

"Ja, hab ich mir letztes Jahr zugelegt. Ist Gebraucht."

"Nicht schlecht."

"Naja, ich arbeite ja auch sechzig Stunden in der Woche dafür."

Benjamin zündete den Wagen an und die beiden fuhren los.

Es war kaum Verkehr und es dauerte nicht lang und die beiden waren aus der Stadt raus. Als Sebastian geboren wurde, lebten 35.362 Menschen in Saalfeld an der Saale. Jetzt waren es noch knapp 25.000.

Die Strassen wanden sich das Mittelgebirge nach oben und in den Thüringer Wald hinein. Die beiden kamen an Notfallspuren vorbei, welche für Wagen installiert waren, deren Bremsen bei der Abfahrt ins Tal versagten. In dieser Gegend war man ohne Winterreifen aufgeschmissen. Es ging über Dörfer (Hoheneiche, Reichmannsdorf), jedes davon kleiner und Schneeverwobener als das letztes. Alle Häuser waren mit Schiefer verkleidet. In einigen Häusern brannte Licht, in anderen nicht. Im Radio lief Antenne Thüringen. Time after Time.

"Mein Beileid übrigens", sagte Benjamin. Sebastian hatte seit Berlin nicht mehr an die Beerdigung gedacht.

"Dank dir."

"Steht alles?"

"Ich denk schon."

Hinter Reichmannsdorf vibrierte Sebastians iPhone. New Mail: Vertragsentwurf_Capital_Increase.docx.

Sebastian war gerade mitten in einer weiteren Investitionsrunde für seine Firma: Series A. Diesmal ging es um richtiges Geld: 2,5 Millionen Euro. Einige Investoren waren allerdings noch nicht vollends überzeugt. Es galt den Sack schnell zuzumachen, bevor es sich die Investoren noch anders überlegten. Eigentlich wollte Sebastian die Tage vor Weihnachten gemeinsam mit seinem Geschäftspartner Erik verbringen, um alles auf den Weg zu bringen.

Sebastian musste niesen. Überall im Wagen waren Hundehaare verstreut. Er steckte sein iPhone wieder ein.

"Gibt's den Bruno eigentlich noch?", fragte er.

Bruno war der Bernhardiner von Benjamins Eltern gewesen. Wie auf die meisten Hunde, reagierte Sebastian auch auf Bruno allergisch. Sebastian litt seit frühester Kindheit unter starkem Asthma.

"Den Bruno? Spinnst du! Nee, den gibt's schon lange nicht mehr. Den haben wir vor vier oder fünf Jahren schon einschläfern lassen."

"Schade."

"Naja, der war wirklich alt. Elf Jahre."

"Lange Zeit."

"Jaja."

"Habt ihr einen neuen Hund?"

"Meine Eltern haben jetzt nen Schäferhund- Tobi - und ich hab einen Dalmatiner - Franko."

"Franco? Wie der Diktator?"

"Nee, wie Frank nur mit nem O hinten dran."

"Verstehe."

"Ja, der ist noch ein bisl wild. Ist ja auch gerade mal ein Jahr alt. Wirst ihn gleich kennenlernen."

"Werde ich?"

"Jaja. Abendbrot gibt es heute bei uns."

"Wieso das denn?"

"Die Oma ist mit meinem Vater in Suhl beim Opa im Krankenhaus."

"Ist der Opa schon wieder im Krankenhaus?"

"Vorgestern haben sie ihn eingewiesen. Schmerzen in der Brust. Immer das gleiche."

Sebastian und Benjamins gemeinsamer Großvater hatte es seit Jahrzehnten mit dem Herz. Ein zweiter Bypass wurde im Jahr zuvor gelegt.

"Scheisse."

"Ja, Scheisse isses, aber was willst du machen!"

"Warst du ihn schon in Suhl besuchen?"

"Nee, leider nicht. Wie gesagt: Bei uns ist grad echt die Kacke am dampfen."

"Naja, dann lass uns die Tage mal zusammen fahren."

"Ja, mal schauen."

Sebastian musste ein zweites Mal niesen.

"Bist du eigentlich noch allergisch auf Hunde?"

"Ich glaub, sowas geht nur in ganz seltenen Fällen weg."

"Kann man da nicht sowas wie mit dem Heuschnupfen machen. So ne Sense…"

"Desensibilisierung?"

"Ja."

"Nee, Ich glaub nicht."

"Naja, egal. Dann werd ich den Hund halt von dir weghalten."

"Schon gut. Von ein paar Haaren sterb ich ja nicht gleich."

"Ich wollt dir ja nur was Gutes tun. Du warst ja immer schon recht kränklich."

"Dafür warst du immer der Hauptschüler."

"Haha… fick dich!"

Zwei

Nach einer halben Stunde kamen die beiden in Obergrundbach an. Obwohl es gerade einmal 19 Uhr spät war, war alles ruhig. Außer dem Audi A9 war kein anderer Wagen auf der Strasse.

Die beiden hielten vor dem viergeschossigen Haus, das sich Benjamin nur wenige hundert Meter von dem Haus seiner Eltern und Großeltern entfernt gebaut hatte. Benjamins Haus war größer als das der Eltern und Großeltern. Benjamin lebte in dem Haus allein mit seiner Freundin und dem Hund. Das Haus der Großeltern war ein Mehrgenerationenhaus.

"Hast dir ja ein ordentliches Teil hier hingesetzt. Was habt ihr denn mit dem Haus von der Else gemacht?"

Else war eine Cousine der gemeinsamen Großmutter gewesen. Sie lebte ihr Leben lang allein, die meisten im Dorf hielten sie für verrückt. Benjamin kaufte das Haus nach ihrem Tod.

"Abgerissen. Das konnte man nicht umbauen. Alles verschachtelt und viel zu niedrige Decken."

"Wie lang habt ihr gebraucht?"

"Abgerissen in einem Sommer, das Haus gebaut im Sommer darauf. Ging schnell."

Die beiden rollten langsam in die Garage hinein.

"Ja, klingt so."

"Naja, wir hatten ja auch viel Hilfe. Weißt ja, wie das ist. Da kommen die Jungs aus der Hütte, da macht der Horst mit und der Frank, und dann geht das alles. Zack-Zack."

Benjamin stellte den Motor aus und die beiden stiegen aus dem Wagen, während sich die Garagentür langsam hinter ihnen schloss.

Sebastian ging zum Kofferraum und holte seine Taschen heraus.

"Dann mal immer herein spaziert", sagte Benjamin und führte Sebastian die Treppen nach oben.

Im Haus war es warm und roch süßlich nach Essen.

Sebastian und Benjamin lebten zusammen bis zu Sebastians zehnten Lebensjahr. Als Sebastian gemeinsam mit seiner Mutter aus Obergrundbach wegzog, sahen sich die beiden nur noch einmal jährlich. Als Sebastian das achtzehnte Lebensjahr beendet hatte noch weniger. Das letzte Mal als sie sich sahen, war drei Jahre zuvor gewesen. Sebastian war mittlerweile sechsundzwanzig Jahre alt, Benjamin vierundzwanzig.

Biographie Sebastian: Abitur mit 1,8 abgeschlossen. BWL Studium. Erste Firma aus dem Studium heraus gegründet (zunächst UG (haftungsbeschränkt), später Umwandlung in GmbH).

Biographie Benjamin: Realschulabschluss (nicht wie fälschlicherweise behauptet einen Hauptschulabschluss) mit 2,4. Lehre zum Schlosser.

Beide wurden im Alter von 12 Jahren in die für sie geeignete Schule eingeteilt. Sebastian beschwerte sich im alkoholisierten Zustand über dieses System. Benjamin nicht.

Als die beiden die Küche im zweiten Stock betraten, war der Tisch bereits gedeckt. Es standen zwei Teller auf dem Tisch, daneben ein Topf. Es gab Wurstnudeln.

```
Zutaten:
500 Gram Spirelli-Nudeln
Eine Packung Wiener
Butter
Tomatenmark
Ketchup
Wasser
Salz
Reibekäse

Zubereitung:
-Wasser in einem Topf zum Kochen bringen
-Nudeln hineingeben
-Salz dazu geben
-Butter in einer Pfanne zum Schmelzen bringen
-Die Wiener kleinschneiden und in der Pfanne anbraten
-Tomatenmark, Ketchup und Wasser in die Pfanne geben, bis die
 Soße die gewünschte Konsistenz erreicht hat
```

```
-Salz dazu geben
-Sobald die Nudeln durch sind, das Wasser abgießen und die
 Soße in den Topf geben
-Gut umrühren und zehn Minuten ziehen lassen

-Auf den Tellern Reibekäse darüber geben
```

Sebastian stellte seine Taschen ab, während Benjamin den beiden etwas von den Wurstnudeln auf die Teller gab. Kurz überlegte Sebastian seinen Cousin zu sagen, dass er Vegetarier sei und die Wurstnudeln eigentlich nicht essen könnte, ließ es dann aber bleiben. Zum einen um die Gastfreundschaft nicht zu sehr zu strapazieren, zum anderen - eigentlich der wichtigere Grund - mochte er Wurstnudeln ganz gern.

Während des Essens: Instagram-Notification auf Sebastians iPhone. Sebastians letzter Post auf Instagram: Er steht auf den Balkon des Büros seiner Firma auf der Schönhauser Allee und hält einen Aktenordner (Buchhaltung Q3) in der Hand. Neben ihm auf dem Tisch steht ein geöffnetes Bier. Unter dem Post: "Late Office Hours #tgif". Der Post hatte 34 Favorites. Sebastian hatte 489 Follower auf Instagram.

Benjamins letzter Instagram-Post: Benjamin hatte keinen Instagram Account. Benjamins letzter Facebook-Post: Ein Foto von der Kirmes aus dem Jahr zuvor. Er sitzt zwischen zwei Kollegen auf einer Bank bei dem Teich, neben dem Marktplatz. Alle drei Männer halten ein Bier in der Hand und lachen. Alle drei Männer haben einen leichten Sonnenbrand auf der Stirn. Der Post hatte 17 Likes. Benjamin hatte 80 Freunde auf Facebook.

Kurz nachdem die beiden mit dem Essen fertig waren, kam Claudia mit dem Hund zurück. Sebastian kannte Claudia nur von Bildern auf Facebook, auf denen sie immer ein wenig stämmig - zu stämmig für seinen Geschmack - aussah. Aber in natura, fand er, sah sie eher gesund und kräftig aus.

"Sebastian! Ja, dass wir beide es auch mal schaffen."

Claudia kam zu Sebastian herüber und umarmte ihn. Dann fügte sie an: "Freut mich fei! Ehrlich!" und lächelte. Danach gab sie Benjamin einen Kuss.

Ohne Sebastian zu beachten, war der Hund direkt zu Benjamin gegangen und hatte sich auf seine Füße unter dem Tisch gelegt. Er war müde.

"Und wie geht es unserer Streikführer heute? Irgendwas neues?"

"Claudi, bitte!"

"Na, was dann?"

"Wir sind alle im Streik. Da gibt es nicht einen, der mehr streikt als die anderen, also brauchen wir auch keinen Anführer."

"Jaja. Aber jetzt sag halt: Gibt's was neues oder nicht?"

"Nix neues", fasste Benjamin den Tag zusammen. "Der Huberts hat noch kein neues Angebot vorgelegt. Aber ich sag dir eins: Wenn das morgen nicht da ist, dann…"

"Dann was?"

"Na dann eben Plan B."

"Du spinnst doch! Wehe dir, ihr macht das wirklich!"

"Wirst schon sehen."

"Nee, du wirst schon sehen! Aber egal: War das Essen noch halbwegs warm, als ihr rein seid?"

Claudia schaute Sebastian an, also antworte er: "Ja, war super."

"Hat's geschmeckt, ja?"

"Ja, wirklich."

"Na das freut mich. Habt ihr beide für heute noch was geplant?"

"Lange kann ich zwar nicht, aber ein paar Bier werd ich mit meinem Cousin schon noch trinken. Wenn er sich schon mal zu uns hier runter begibt. Einmal alle zehn Jahre."

"Na komm- so schlimm ist es ja nun auch nicht!"

"Nee, aber fast."

"Ich geh mal nach unten Wäsche aufhängen. Soll ich euch gleich ein paar Bier aus dem Keller mitbringen?", fragte Claudia.

"Ja, mach mal bitte."

"Wie viel braucht ihr denn?"

"Bring erstmal sechs mit. Dann können wir ja immer noch schauen, oder?"

Benjamin schaute Sebastian fragend an.

"Ja, sechs reicht voll."

"Gut, dann geh ich euch mal was holen."

Claudia ging die Treppen nach unten. Der Hund schaute ihr hinterher.

"Nett, deine Claudia."

"Ja, danke."

"Was hat sie gemeint mit dem Plan B?"

"Ach- das ist nur so eine Idee. Wahrscheinlich wird es nicht dazu kommen."

"Nun erzähl schon!"

"Nee. Wie gesagt: Ist nur ne Idee und wenn der Huberts einlenkt, so wie wir es jetzt eigentlich alle erwarten, dann… ach, lassen wir das."

"Was ist denn eigentlich los bei euch in der Hütte?"

"Lange Geschichte."

Als Claudia wieder nach oben kam, waren Sebastian und Benjamin gerade dabei ihre Teller in die Spüle zu stellen.

"Hier", sagte sie und knallte den Träger auf den Tisch. Die Biere schwitzten von dem plötzlichen Temperaturwandel.

Benjamin holte ein Feuerzeug aus seiner Jeans und ploppte zwei Flaschen damit auf. Jeder von den beiden nahm sich eine und sie stießen an.

"Prost", sagte Benjamin.

Beide nahmen einen großen Schluck.

"Und du trinkst nichts?", fragte Benjamin Claudia, die den Tisch abwischte.

"Nee, lass ma. Ich werd mich gleich hinlegen."

"Jetzt schon? Ist doch gerade erstmal neun!"

"Naja, auch ich hab morgen was wichtiges zu tun. Nicht nur Sie, mein Herr!", sagte Claudia genervt.

"Ach ja- was denn?"

Claudia schaute Benjamin streng an.

"Ach ja. Schuldige, hatte ich vergessen", fügte er an. Sebastian fragte nicht nach.

"Wollen wir ins Wohnzimmer gehen?"

"Ich glaub, ich geh mal schnell eine rauchen."

"Du immer mit deinem Gequalme. Das bringt dich noch um!"

"Jaja. Wo soll ich denn am Besten hin?"

"Von mir kannst du auf den Balkon. Oder runter vor die Tür. Was dir lieber ist."

"Ich glaub, ich nehm den Balkon."

"Ich zeig dir den Weg."

Benjamin führte Sebastian durchs Wohnzimmer hindurch auf den Balkon. Beide zogen sich Pantoffeln an, die vor der Balkontür standen und traten hinaus. Ein starker Wind wehte und es schneite immer noch. Da es Sebastian aber in der Küche viel zu warm war, kam ihn diese Abkühlung gerade recht. Er holte sich eine Gauloise aus der Packung und zündete sie an. Dann sagte auch er Prost und die beiden stießen ein weiteres Mal an.

"Sieht schön aus, oder? Wie der Rauch aufsteigt", sagte Benjamin und schaute hinunter auf die Hütte.

"Schon. Irgendwie. Hütte halt", erwiderte Sebastian.

"Weißt du wieviele Menschen dafür verantwortlich sind, dass das Ding jeden Tag wie eine Eins funktioniert?"

"Keine Ahnung. 150?"

"246. Und weißt du, wie viel jeder der Arbeiter im Durchschnitt verdient?"

"Zwei Eins?"

"Eins Acht. Und weißt du, was unser Betrieb im Jahr für einen Umsatz macht?"

"Keine Ahnung."

"19 Millionen. Profit: 2,4 Millionen."

"Ganz ordentlich."

"Ja, doch. Aber weißt du, wer was von dem Profit sieht? Nur der Huberts und seine PSP. Und jetzt reicht denen nicht mal mehr die zwei Millionen pro Jahr. Jetzt soll die Hütte zugemacht werden, weil ihnen der Profit zu niedrig ist. Ist das nicht eine Schweinerei?"

Sebastian nahm einen weiteren Zug von der Zigarette.

"Naja, ne Schweinerei ist das schon. Aber am Ende ist es ja der Besitz der PSP und wenn die zumachen wollen, dann ist es denen ihr Recht."

"Seit die PSP die Hütte vor drei Jahren gekauft hat, hat sich der Huberts hier vielleicht zehn Mal blicken lassen. Und jetzt entscheidet der von was-weiß-ich-woher, dass sich die Hütte nicht mehr lohnt und geschlossen werden soll. Das dumme Arschloch. Wenn das der Dietz gewusst hätte…"

Benjamin nahm einen letzten Schluck von seiner Flasche.

"Warum hatte denn der Dietz damals verkauft gehabt? War die Hütte nicht ewig lang in Familienbesitz?"

"Der Dietz war schon lange krank und konnte sich nicht mehr um die Hütte kümmern. Und seine Kinder leben ja in den USA und haben keine Lust, die Hütte zu übernehmen. Die haben sich wohl auch verkracht. Naja, was weiß ich. Auf jeden Fall hat sich der Dietz zusammen mit dem Winkler - unserem Bürgermeister - nach einem geeigneten Käufer umgesehen. Und nun ja: Die PSP hat sich gemeldet und der Huberts, der die PSP in Deutschland vertritt, hat denen halt das Blaue vom Himmel zugesagt: Der Familienbetrieb sollte erhalten bleiben, neue Arbeitsplätze sollten geschaffen werden, die Region gefördert, papipapo. Alles Lügen!"

Sebastian machte seine Zigarette aus und zündete sich eine zweite an.

"Und was verlangt ihr jetzt von ihm?"

"Wir verlangen, dass das Werk nicht geschlossen, sondern erhalten wird. Ganz einfach."

"Gibt es denn Interessenten?"

"Noch nicht, aber die werden wir schon finden. In jedem Fall seh ich nicht dabei zu, wie so eine Heuschreckenfirma hierher kommt und unser Dorf zerstört. Entschuldige mal bitte!"

"Ja, keine Ahnung. Ich kenn mich in euren Markt nicht aus. Aber die PSP wird schon einen Grund haben, warum sie euer Werk schließt. Vielleicht ist es ja abzusehen, dass die Nachfrage nach euren Produkten einfach massiv einbrechen wird."

"Ich sag dir was, Großer: Nachfrage nach hoher Qualität wird es immer geben. Der Fehler ist den Billigproduzenten in China oder sonstwo hinterher zu jagen. Die werden wir im Preis nie schlagen können. In der Qualität aber schon."

Sebastian machte auch seine zweite Zigarette aus und die beiden gingen wieder hinein. Sebastian setzte sich auf das Sofa und spielte mit der Fernbedienung herum, während Benjamin die zweite Runde Bier holte. Auf dem Fernseher war jeder Sender verrauscht; Schnee lag auf der Satelliten-Schüssel. Benjamin hatte einen vollen DVD- und Blueray-Schrank. Im Gegensatz zu Benjamin, gab Sebastian sehr wenig für Kulturgüter aus, da: Netflix, Spotify, ansonsten: Kickass Torrents, The Pirate Bay.

Als Benjamin sich zu seinem Cousin setzte, fragte er: "Schaust du eigentlich noch fern?"

"Nee. Ich hab zwar einen Fernseher, aber der ist an meinen Rechner bzw. die Playstation angeschlossen."

"Ja, ist bei uns auch so. Das einzige was wir schauen, ist Sport am Wochenende. Ansonsten ist die Kiste aus. Playstation spiel ich auch nicht so oft."

"Ach- hast du eine da?"

"Ja, im Schrank. Ich hab aber nur ein paar Spiele."

"Hast du Fifa?"

"Aber sicher doch."

Benjamin ging hinüber zum Schrank und schaltete die Playstation an. Danach machte er den beiden die Biere auf.

"Prost", sagte Benjamin, und die beiden stießen an. Danach spielten sie eine Runde Fifa. Sebastian nahm die Herta und Benjamin Bayern München. Benjamin gewann 6:0. Sebastian hatte keine Ahnung von Fußball und keine Lust auf eine Revanche.

"Gar nicht mal so schlecht für die Hertha. Die hatten schon schlimmere Spiele", sagte Benjamin und nun hatte Sebastian erst recht keine Lust mehr auf ein weiteres Spiel.

"Willst du einen Schnaps?", fragte Benjamin. "Auf deinen Opa?"

"Klar. Warum denn nicht? Was hast du denn da?"

"Naja, das übliche halt: Obstler, Kümmerling, Korn."

"Keins von den dreien hab ich seit Jahren getrunken."

"Nee, was sauft ihr denn?"

"Naja, wenn wir Kurze nehmen, dann wohl meist Tequila oder Mexikaner oder sowas."

"Mexikaner? Was soll das denn sein?"

"Das ist so ne Art Mini-Bloody Mary. Wodka mit viel Tabasco."

"Igitt. Das klingt ja widerlich."

"Naja, sonderlich geil ist es nicht. Aber schon ganz gut."

"Nee, nee- dann bleib ich lieber bei meinem Obstler. Also: Was willst du nun?"

"Na, dann nehm ich auch einen Obstler."

"Gute Wahl."

Benjamin stand auf und ging hinüber zum Schrank und öffnete eine andere Tür, welche den Schnaps zum Vorschein brachte. Er nahm eine der nicht-etikettierte Flaschen heraus, zog den Stöpsel, roch daran und schenkte zwei Gläser ein. Danach hob er sein Glas und sagte: "Auf den Erhard! War ein feiner Mensch."

"Auf den Erhard!", wiederholte Sebastian, dann kippten die beiden den Schnaps hinunter. Sebastian brannte der Schnaps höllisch und kurz dachte er, dass er ihm wieder hochkommen würde. Er blieb im Magen.

Draußen fuhr ein Auto vorbei. Das erste seit zwei Stunden.

"Das wird die Oma mit meinem Vater sein."

"Ach ja?"

"Ja. Noch nen Schnaps?"

"Warum nicht. Ist schon ein paar Tage her, dass ich was getrunken hab."

Zwei Tage zuvor hatte Sebastian ein kleines Gesellschafter-Dinner im Soho House. Klein deshalb, weil nicht alle Gesellschafter daran teilnahmen; klein deshalb, weil nicht alle Gesellschafter dabei sein sollten. Erschienen waren nur die, mit denen man auch Spass haben konnte: Sebastian, Erik, Johann, Ludwig. Zur Begrüßung gab es ein Bier im achten Stock. Danach die erste Line in einer der Duschen. Danach Old Fashioned und dazu jeder noch ein Bier. Alle weiteren Lines gab es im siebten. Dazu mehr Bier. Gelegentlich ein Shot. Das erste Mal übergab sich Sebastian gegen 23 Uhr auf der Behindertentoilette, das zweite mal gegen 1 Uhr auf der Herrentoilette. Gegen zwei Uhr hatte sich Sebastian mit Johann zu einem Gespräch beim Pool zurückgezogen. Es ging um Johanns Beziehung. Sie wollte ein Kind, er aufs nächste Burning Man. Irgendwann wurden die beiden von zwei jungen Frauen angesprochen. Sebastian und Johann holten noch mehr Getränke und gingen noch häufiger auf die Toilette. An die Details kann sich Sebastian nicht erinnern, nur dass er eine der beiden Frauen mit Nachhause nahm und zunächst auf der Couch im Wohnzimmer vögelte, dann im Schlafzimmer. Da weder Sebastian noch die junge Frau schlafen konnten, lagen sie auf dem Bett und rauchten. Als es hell wurde, sah Sebastian erst wie jung die junge Frau war. Wahrscheinlich ging sie noch zur Schule. Wo sie herkam und wie sie ins Soho gekommen war, wollte er lieber auch gar nicht erst wissen. Vielleicht hatte man ja gemeinsame Bekannte. Sebastian sagte ihr, dass sie jetzt gehen musste, da er einen Zug zu erwischen hatte und warf sie gegen 10 Uhr aus der Wohnung. Dann schlief er bis zum Abend. Als er aufwachte, bestellte er Alu Paneer, dazu ein

Naan und eine große Flache Coca-Cola auf Lieferheld. Das Essen kam eine Stunde später. Dazu schaute er den Film Rushmore, um wieder in eine einigermaßen gute Stimmung zu kommen. Danach schlief er wieder ein. Sein Wecker klingelte um 8:30 Uhr. Er duschte, packte seine Sachen und nahm ein Taxi zum Hauptbahnhof.

"Sag mal, wo ist denn eigentlich euer Klo?", fragte Sebastian, als er auch den zweiten Obstler getrunken hatte.

"Gehst zurück zur Treppe und dann links."

"Cool."

Er schaltete das Licht an, betrat das Bad und verschloss die Tür hinter sich. Er schaute in den Spiegel und dachte kurz an nichts. Dann holte er den Zahn aus seinen Geldbeutel und machte einen kleinen Haufen von dem vom Gesellschaftertreffen übrig gebliebenen Koks auf die Ablage beim Spiegel. Danach machte er noch einen zweiten Haufen, bevor er den Zahn wieder wegpackte und die Nase untersuchte, ob alles in Ordnung sei. Alles war in Ordnung und er fühlte sich gut. Kurz blickte er sich im Bad um: Es war schwarz gefliest und weiße Möbel standen darin. Auf den Möbeln stand Kosmetika. An der Tür hing ein Audi-Kalender.

"Sag mal- wie lange seid ihr denn eigentlich schon zusammen?", fragte Sebastian, als er zurück ins Wohnzimmer kam.

"Fast vier Jahre."

"Vier Jahre? Krass! Ich schaff's nicht mal sechs Monate mit wem zusammen zu sein."

"Jaja."

"Das ist echt ganz schön lang."

"Weißt du, was das Geheimnis ist?", fragte Benjamin.

"Nein, aber ich würde es gern wissen."

"Man darf sich einfach nicht trennen."

Sebastian lachte kurz auf, Benjamin grinste. Danach schüttete Benjamin den beiden noch einen dritten Obstler ein.

"Der ist auf uns! Darauf, dass die Cousins mal wieder zusammengekommen sind!"

"Auf uns!", sagte Sebastian und die beiden stießen an. Danach holte Benjamin die dritte Runde Bier.

Die Cousins saßen noch eine Weile beisammen und redeten, und mit jedem Schluck fühlte es sich mehr danach an, als hätten sie sich nicht vor drei Jahren das letzte Mal gesehen, sondern vor drei Wochen.

Punkt 0:00 Uhr klingelte Benjamins Galaxy. Er holte es aus seiner Hosentasche.

"Scheisse", sagte er. "Du, ich muss jetzt wirklich schlafen gehen. Morgen ist ein wichtiger Tag bei uns."

"Klar. Bei mir auch."

"Findest du den Weg zur Oma? Ansonsten kannst du auch hier bleiben."

"Nee, nee- keine Sorge. Die paar Meter werd ich schon schaffen."

"Sei aber ja vorsichtig. Bei uns ist es glatter auf den Strassen als in der Hauptstadt. Bei uns wird nicht so regelmäßig gestreut."

"In Berlin wird auch nicht so regelmäßig gestreut, glaub mir."

Sebastian nahm seine Reisetasche und seinen Rucksack, umarmte Benjamin und ging dann langsam die Treppen hinunter.

Als er seine Schuhe angezogen hatte, verließ er das Haus und lief die Strasse nach vorn zum Haus seiner Großeltern. Die Strasse war komplett weiß, keine Reifenspuren waren darauf zu erkennen. Als er den Hang, der zur Haustür führte, erreicht hatte, hielt er sich am Geländer fest und zog sich Stück für Stück nach oben. Sonderlich viel Halt gab ihm das Geländer allerdings nicht, da es ihn mehrfach auf die Knie warf. Zum Glück, dachte er, hatte er seinen Anzug noch nicht angezogen.

Er betrat das Haus über die Waschküchentür im Keller. Die Waschküche war nie abgeschlossen. Er versuchte so leise wie möglich zu sein, als er die schmalen Treppen hinaufging, aber jeder einzelne von ihnen knarrte. Als er auf der zweiten Etage angekommen war, ging er sofort ins Gästezimmer. Er schlief ein, ohne sich auszuziehen.

Drei

Das Zimmer, in dem Sebastian schlief, war einmal Teil des Wohnzimmers gewesen, bis sich Sebastians Großvater dazu entschloss das Wohnzimmer zu verkleinern und ein weiteres Gästezimmer aus dem übrigen Platz zu machen. Diese Entscheidung wurde damit begründet, dass es zu lange dauerte bis die Stube im Winter geheizt war und ein weiteres Gästezimmer nicht schaden könnte. Der eigentliche Grund für den Umbau war allerdings der, dass es Sebastians Großvater und Onkel eines Winters zu langweilig war und sie eine Beschäftigung brauchten.

Als Punkt sieben der Wecker klingelte, hörte Sebastian seine Großmutter bereits in der Küche hantieren. Sie stand gewöhnlich gegen 6 Uhr morgens auf und schlief nur an Sonntagen etwas länger (bis 8). Sebastian schaute für ein paar Minuten an die Decke und versuchte einzuschätzen wie stark sein Kater war. Obwohl die Kopfschmerzen beträchtlich waren, fühlte es sich an als könnte der Kater schnell vorüber gehen, sollte er nur genug Wasser trinken und ausreichend frühstücken. Die zwei Lines Koks hätte er sich dennoch sparen sollen, da seine Nase nun verstopft war. Vielleicht, dachte Sebastian kurz, hatte er sich aber auch nur eine kleine Erkältung eingefangen. Im Mittelgebirge war es doch ein gutes Stück kälter als in Berlin.

Normalerweise checkte Sebastian jeden Morgen zuerst die Nachrichten: Zunächst SPON, dann FAZ, dann NYT, dann Guardian, dann RT und Al Jazeera. Danach checkte er die Startup-Nachrichten. Zuerst die internationalen (TechCrunch), danach die nationalen (Gründerszene). Immer wenn er sah, dass Menschen, die er kannte Erfolg hatten, verspürte er ein ungutes Gefühl im Magen. Wenn Sebastian dann noch Zeit und Lust hatte, checkte er diverse Tech-Blogs. Tech-Blogs verdienten ihr Geld damit, dass sie auf ihrer Seite Werbung für die Produkte schalteten, über die sie auch schrieben. An diesem Morgen checkte Sebastian keine Nachrichten.

Er schaute auf sein iPhone. iMessage:

> Erik, 4:34 Uhr: Helber will am Nachmittag skypen. Werde mich drum kümmern. Viel "Spass" heute (keine Ahnung, was man an solchen Tagen wünscht).

Tobias Helber war ein Anwalt im Vorruhestand aus München und einer der ersten Investoren in Sebastians Firma. Er hatte in der Gründungsphase, als die Bewertung noch bei 1.5 Millionen Euro lag, einhundertfünfzigtausend Euro in die Firma investiert, was ihm 10% der Anteile verschaffte. Tobias Helber investierte über seine Gesellschaft, die Weird Little Things UG (haftungsbeschränkt). Tobias Helber war relativ unerfahren als Investor, was dazu führte, dass er schnell nervös wurde, wenn etwas nicht hundertprozentig nach Plan lief. Die letzten Wochen liefen alles andere als nach Plan.

> Sophie, 6:03: Take it easy and give greetings the familiy.

Sophie hatte das "to" vergessen.

Kurz überlegte Sebastian sich einen runterzuholen, dann fiel ihm allerdings ein, dass er das Wifi-Passwort noch nicht hatte, also ließ er es bleiben (sein Empfang betrug gerade einmal einen Balken, was nicht ausreichte, um in zufriedenstellender Qualität Porn zu streamen). Auf seine Fantasie konnte er sich an verkaterten Tagen nicht verlassen.

Sebastian zog seinen Pullover an, verließ das Zimmer und ging hinüber in die Küche. Seine Großmutter stand am Herd und bereitete eine Suppe vor.

"Na du Schlafmütze! Auch schon munter?", sagte sie, ohne sich umzudrehen.

"Schlafmütze? Es ist doch erst sieben!"

"Ja, eben: Sieben! Da sind andere Leute schon zwei Stunden auf der Arbeit."

Sebastian ging hinüber zu seiner Großmutter. Als diese fertig war mit dem schneiden der Möhre, drehte sie sich zu ihm um, umarmte Sebastian und gab ihm einen Kuss auf die Wange. Sie war ein ganzes Stück kleiner geworden, seit die beiden sich das letzte Mal gesehen hatten. Nicht verändert hatten sich hingegen ihre grau-grünen Augen, sowie ihre Schürze.

"Hörst auch nicht auf zu wachsen!"

"Doch. Vor Jahren schon."

"Da ist schon noch ein gutes Stück draufgekommen. Was willst du denn frühstücken?"

"So richtig Hunger hab ich noch nicht."

"Spinnst du? Du wirst doch wohl was essen. Du willst doch bei der Beerdigung nicht umfallen!"

"Naja…"

"Nichts naja!"

Sebastian setzte sich an den Küchentisch, auf dem Stuhl, auf dem sein Großvater normalerweise immer sitzt und schaute aus dem Fenster. Es schneite noch immer. Es hatte die ganze Nacht hindurch geschneit.

"Wie geht's denn dem Opa?"

"Ach- wie man's nimmt."

"Was soll das heißen?"

"Die behalten ihn erstmal auf Beobachtung. Es kann sein, dass er aber noch einen weiteren Bypass braucht."

"Noch einen? Ach du scheisse."

Sebastians Großmutter schnitt noch eine weitere Möhre in die Suppe, bevor sie ihre Hände abtrocknete und die Küche verließ.

Herz-Kreislauf-Erkrankungen sind die häufigste Todesursache in Deutschland. Jedes Jahr sterben an Herz-Kreislauf-Erkrankungen mehr als dreihunderttausend Menschen. Als Ursachen von Herz-Kreislauf-Erkrankungen zählen das Rauchen, Übergewicht und Bluthochdruck aufgrund von Stress. In Ostdeutschland sterben mehr Menschen an Herz-Kreislauf-Erkrankungen als in Westdeutschland, was damit begründet wird, dass es in Ostdeutschland

weniger Herzspezialisten gibt als in Westdeutschland. Vom Haus von Sebastians Großeltern bis zu
den Spezialisten im Zentralklinikum Suhl sind es
56,6 Kilometer. Mit dem Auto braucht man für diese
Strecke knapp über eine Stunde.

Als Sebastians Großmutter zurückkam, hielt sie einen Teller mit
Wurst und Käse in der Hand, der mit einer Klarsichtfolie abgedeckt
war. Diese stellte sie vor Sebastian auf den Tisch. Danach ging sie
hinüber zum Schrank neben dem Spülbecken, nahm ein Schneidebrett heraus und stellte es ebenfalls vor ihn hin.

"Brot kannst du dir noch selber scheiden, ja", fragte sie.

"Ich denk schon."

Sebastian ging zur Brotschneidemaschine, öffnete den Schrank
darüber und holte ein Leib Schwarzbrot heraus aus einer weißen
Papiertüte. Er legte es auf die Maschine, drückte den Knopf, der das
Sägeblatt zur Rotation brachte, und schob den Leib nach vorn bis
eine Scheibe abfiel. Dann wiederholte er das ganze. Als er fertig war,
verpackte er das Brot wieder und stellte es zurück in den Schrank.
Er öffnete den Kühlschrank und holte die Butter heraus, dann setzte
er sich wieder.

Sebastian nahm die Glasglocke von der Butterschale und versuchte etwas davon auf das Messer zu bekommen, doch es gelang
ihm nur bedingt. Die Butter war hart. Nach mehreren Schabern
gelang es ihm dennoch genug für eine Scheibe abzubekommen. Das
Auftragen der Butter war allerdings nicht sonderlich gleichmäßig,
was dazu führte, dass an einigen Punkten große Flecken Butter
waren, während es an anderen Punkten kaum etwas Butter gab.
Sebastian lagerte die Butter in seiner Wohnung aus Prinzip auf der
Küchentheke, um diese Situation zu vermeiden.

Er nahm die Folie vom Wurst und Käse-Teller und nahm sich
eine Scheibe vom Emmentaler-Käse, den seine Großmutter vier
Tage zuvor im Lidl in Neuhaus am Rennweg gekauft hatte.

Als Sebastian geboren wurde, lebten in Neuhaus am Rennweg 6.953 Menschen. Heute leben in Neuhaus noch knapp 5000
Menschen. Sebastian war wie Benjamin im Kreiskrankenhaus in
Neuhaus am Rennweg geboren. Neuhaus am Rennweg war 8,1 Kilometer vom Haus seiner Großeltern entfernt. Mit dem Auto brauchte
man knapp 12 Minuten.

"Willst du Tee oder Kaffee oder beides?", fragte Sebastians Großmutter, die mittlerweile die elfte Möhre in die Suppe schnitt.

"Beides."

Sebastians Großmutter holte zwei Tassen aus dem Schrank und füllte eine davon mit dem Tee aus der Kanne, die auf der Theke neben der Spüle stand. Dann stellte sie beide Tassen vor ihren Enkel auf den Tisch.

"Der Kaffee ist neben dir."

"Danke."

Sebastian nahm die Kanne aus der Maschine und schütte sich eine Tasse voll. Dann stellte er die Kanne zurück und nahm einen großen Schluck. Der Kaffee war etwas bitter. Er nahm noch einen weiteren Schluck, dann spülte er mit dem Tee nach. Es war Hagebuttentee.

Sebastian aß das Käsebrot auf und schmierte sich noch ein zweites. Als er auch mit diesem fertig war, trank er den Kaffee aus. Danach den Tee.

"So, ich werd mal schnell duschen und mich anziehen", sagte er, während er aufstand und sein benutztes Geschirr zusammenräumte.

"Lass nur stehen", sagte seine Großmutter. "Ich mach das gleich sauber."

"Wie du meinst."

"Aber sag noch schnell: Wie ist das jetzt genau? Der Erwin kommt dich abholen und ihr fahrt gemeinsam?"

"Ja, richtig. Der Erwin kommt gegen 8:30 Uhr. Dann fahren wir zusammen zur Kirche und um 9:30 Uhr beginnt der Spass."

"Wirst du mit dem Erwin dann zu Mittag essen?"

"Ich nehm mal an."

"Okay. Naja, ansonsten hab ich hier die Suppe, wenn ihr nicht wisst, in welche Gaststätte ihr einkehren wollt."

Sebastian lachte kurz auf, dann sagte er: "Okay- ich behalt's im Hinterkopf, Oma".

"Was ist denn daran so lustig?"

"Naja, ich werd den Erwin sicherlich nicht hierher bringen, sondern irgendwohin einladen."

"Ich versteh trotzdem nicht, was daran so lustig sein soll. War ja nur ein Angebot."

"Ja, ich weiß schon. Aber… ach egal."

Sebastian gab seiner Großmutter noch einen Kuss auf die Wange, danach verließ er die Küche und ging ins Bad.

Im Bad war es noch wärmer als in der Küche und überall standen Kosmetika herum, deren Marken Sebastian nicht kannte. Teilweise waren sie ebenfalls aus dem Lidl in Neuhaus am Rennweg (CIEN, Iseree), teilweise waren es spezielle Produkte für ältere Menschen. Sebastian stellte sich unter die Dusche und drehte den Hahn auf. Das Wasser knallte ihm kalt auf den Kopf. Er schrak zurück und wartete bis der Boiler genug warmes Wasser produziert hatte, bevor er sich wieder darunterstellte. In seiner Berliner Wohnung dauerte der Prozess drei bis fünf Sekunden, hier dauerte es 20. Während des Duschens schaute Sebastian aus dem Fenster und hinunter zur Hütte im Zentrum des Dorfes. Vor zwei Stunden hätte die Frühschicht beginnen sollen, aber an diesem Tag arbeitete niemand. Benjamin und ein großer Teil der Belegschaft waren dennoch schon vor Ort.

Sebastian seifte sich ein und überlegte noch ein weiteres Mal sich einen runterzuholen, ließ es aber auch ein zweites Mal bleiben.

Als er mit dem Duschen fertig war und sich die Zähne geputzt hatte, trocknete er sich ab und ging wieder hinüber zum Gästezimmer. An diesem Morgen musste er nicht überlegen, was er anziehen würde, sondern griff direkt zu dem einzigen weißen Hemd, das er mitgebracht hatte, seiner schwarzen Krawatte und dem schwarzen Boss Slim-Fit-Anzug. Als er sich angezogen hatte, ging er zurück ins Bad und stellte sich vor dem Spiegel. Seine Augen waren rot und seine Gesichtshaut leicht fleckig vom Alkohol der letzten Tage. Er legte sich die Krawatte um und band einen Windsorknoten. Dabei stellte er sich recht dämlich an und brauchte dafür knapp zehn Minuten. Den einfachen Windsor hatte Sebastian von Erik gelernt. Keine 12 Monate zuvor. Vorher trug er keine Krawatten. Wenn es einmal nötig war trug er die Krawatte, die ihm vor ein paar Jahren von Henri, dem Freund seiner Mutter gebunden wurde, und die er einfach nur auf und zu zog. Als er mit dem Binden fertig war, knöpfte Sebastian das Hemd, steckte es in die Hose, schloss diese und zog zum Schluss die Krawatte fest. Danach zog er das Sakko an und ging zurück in die Küche. Seine Großmutter war mittlerweile fertig mit der Suppe und saß am Küchentisch. Sie hatte ihre Lesebrille auf und blätterte in einer Angebotsbeilage des Discounters REWE. Im Radio lief Blasmusik. Sebastian nahm sich eine weitere Tasse Kaffee.

"Diese Woche gibt's aber auch nix gescheites in den Läden", sagte Sebastians Großmutter ohne aufzusehen.

"Musst ja auch nicht immer was kaufen."

"Trink du mal lieber deinen Kaffee aus. Der Erwin ist bestimmt gleich da."

Als Sebastian mit dem Kaffee fertig war, stellte er die Tasse in die Spüle.

"Keine Ahnung, wann ich heute wieder da sein werde. Sollte es arg spät werden, dann ruf ich dich an, ja?"

"Mach wie du denkst. Aber sauf nicht so viel!"

"Ein wenig werd ich schon trinken. Ist ja ne Beerdigung. Fährst du heute wieder ins Krankenhaus?"

"Nee, ich kann da nicht jeden Tag runter. Heute muss dein Opa mal allein auskommen."

"Verstehe. Grüß ihn, wenn du anrufst."

"Und du grüß mir den Erwin."

Sebastian verließ die Küche und nahm sich seinen Dufflecoat vom Regal. Er zog ihn an, ging die Treppen hinunter und nach draußen. Draußen hatte es drei Grad und ein leichter Wind wehte. Umständlich fischte sich Sebastian eine Gauloise aus der Packung und versuchte sie anzuzünden, was ihm beim fünften Versuch dann gelang. Von den ersten Zügen wurde ihm schwindelig, also ging er langsam den Stieg hinunter zur Strasse. Dabei hielt er sich am Geländer fest.

Als Sebastian auf der Strasse stand, schaute er hoch zum Haus, um zu sehen, ob seine Großmutter aus dem Fenster schaute. Sie tat es nicht. Er rauchte die Zigarette zu Ende und zündete gleich darauf eine weitere an. Diese hatte er bis zur Hälfte geraucht, als er Erwins silbernen Mazda 3 Sport, Baujahr 2006, den Hang nach oben kommen sah. Er winkte ihn, woraufhin ihm Erwin Lichthupe zurück gab. Als der Wagen vor Sebastian anhielt, schmiss er die Zigarette weg und stieg ein.

"Na, mein Guter", sagte Erwin. Er trug einen dunkelblauen Mantel, darunter ein schwarzes Hemd und schwarze Jeans. Auf der Nase trug er eine Hornbrille. "Stehst du schon lang hier unten?"

"Nee, nee- keine fünf Minuten. Wollte nur noch schnell eine Rauchen."

"Ach - das Rauchen. Solltest du lieber bleiben lassen, mein Guter. Das is freilich ungesund."

"Da hast du wohl recht", antworte Sebastian und legte den Gurt um. "Und dir? Wie geht's dir?"

"Ach- weißt: Schlechten Menschen, Sebastian, schlechten Menschen geht's doch immer gut. Meine Güte bist du groß geworden!"

"Wie lang ist das her, dass wir uns das letzte Mal gesehen haben?"

"Achtzehn Jahre."

Erwin war der Cousin von Sebastians Großvater und die Person, die seinem Großvater in den Jahren vor dessen Tod am nächsten stand. Erwin besuchte Sebastians Großvater regelmäßig im Krankenhaus, kümmerte sich um dessen Katze, goss die Pflanzen im Haus und sorgte dafür, dass die Rechnungen - so weit möglich - gezahlt wurden. Erwin war es, der Sebastians Mutter dreizehn Tage zuvor angerufen hatte, um ihr von dem Tod des Großvaters zu berichten.

"Es tut mir leid, Sebastian", sagte Sebastians Mutter kurze Zeit später, "aber da musst du dich drum kümmern. Ich kann dir dabei nicht helfen, denn ehrlich gesagt hab ich keine Lust dazu. Das ist deine Familie. Nicht meine."

Sebastians Mutter hatte Sebastians Vater im Alter von zweiundzwanzig Jahren geheiratet. Im gleichen Jahr wurde Sebastian geboren. Keine drei Jahre später war Sebastians Vater tot.

Als Sebastians Vater vom NVA-Grundwehrdienst eines Winters nach Hause kam, hatte er sich im Zug mit ein paar seiner Kameraden so stark betrunken, dass er auf dem Nachhauseweg vom Bahnhof zu ihrem Haus über eine Schiene stolperte, liegenblieb und vom nächsten Zug erwischt wurde. Es muss kein schöner Anblick gewesen sein, als man ihn identifizierte. Sebastians Mutter trauerte, verliebte sich aber zwei Jahre später in einen jungen Mann aus Sachsen. Sebastians Großeltern väterlicherseits waren darüber nicht erfreut.

Worüber sie allerdings noch weniger erfreut waren, war dass sich Sebastians Mutter dazu entschloss aus der Gegend wegzuziehen und ihren Sohn, den einzigen Enkel der Großeltern, mitzunehmen. Von da an, sah Sebastian seine Großeltern nur einmal im Jahr, maximal zweimal. Die ersten Jahre schrieben ihm seine Großeltern noch Karten zum Geburtstag. Irgendwann schrieben sie ihm nicht mehr und Sebastian hörte auf sie zu besuchen. Erst viele Jahre später - Sebastian war mittlerweile dreiundzwanzig Jahre alt - entschloss er sich dazu seine Großeltern aufzusuchen. An jenem Wochenende war Sebastian gemeinsam mit seiner Mutter zu Besuch bei den Großeltern mütterlicherseits. Bereits am Nachmittag betrank sich Sebastian mit ein paar seiner Verwandten, was ihn dazu ermutigte seine Mutter zu fragen, ob sie ihn nicht mal schnell zu den anderen Großeltern fahren könnte. Seine Mutter willigte ein, auch weil sie wusste, dass sie ihren Sohn im stark alkoholisierten Zustand nicht mehr von dem Gedanken abbringen konnte.

Als die Tür aufging, brauchte Sebastians Großvater ein paar Sekunden um zu realisieren, wer vor ihm stand. Danach umarmte er seinen Enkel. Sebastian verbrachte den Abend mit seinen Groß- eltern. Zunächst war die Situation angespannt, aber lockerte sich, als sein Großvater den Obstler auf den Tisch im Garten stellte. Kurz vor Mitternacht verabschiedete sich Sebastian. Drei Jahre später starb Sebastians Großmutter und bei seinem Großvater wurde Krebs diagnostiziert. Sebastian schaffte es nicht zur Beerdigung. Dreiundzwanzig Monate später war Sebastians Großvater ebenfalls tot und Sebastian war der letzte in der Familie.

Nachdem seine Mutter ihm Bescheid gegeben hatte, rief Sebas- tian Erwin an. Dieser unterrichtete Sebastian, dass genug Geld für die Beerdigung da sei und auch schon der Termin stehe. Ob er denn kommen würde. "Natürlich", hatte Sebastian gesagt. Nach dem Tele- fonat, kaufte sich Sebastian ein Zugticket von Berlin nach Saalfeld. Danach ging Sebastian ins Büro.

Als Sebastian und Erwin am Morgen des 14.12. bei der Kirche in Schmiedefeld ankamen, standen bereits einige Menschen davor und redeten miteinander. Keiner von ihnen trug einen Anzug, sondern: Dicke Jacken und Jeans, dazu Wollmützen. Alle schauten zu Sebastian und Erwin herüber, als diese aus dem Wagen stiegen. Sebastian kannten die meisten nur aus Geschichten, in denen Sebastians Mutter nicht gut wegkam.

Erwin begrüßte ein älteres Paar.

"Morgen", sagte er. "Ist der Pfarrer schon da?"

"Ja", antwortete die Dame, die in ihren Sechzigern war. Dabei lächelte sie Sebastian an.

"Das hier ist der Sebastian", fügte Erwin an.

"Freut mich", sagte Sebastian und gab den beiden die Hand. Danach zündete er sich eine Zigarette an.

"Kennst du uns noch?", fragte der Herr. Ebenfalls in seinen Sechzigern.

"Ähm…"

"Ich bin der Gert. Wir wohnen im Haus neben deinem Opa."

"Ach ja!", log Alexander. "Ja, ich erinnere mich."

"Ganz schön groß bist du geworden."

"Man tut was man kann."

Der Herr lachte.

"Dein Großvater hat immer davon erzählt, wie du ihn vor ein Paar Jahren nochmal besucht hattest", sagte die Dame. "Den ganzen Tag konnte er davon erzählen. Er hat sich wirklich gefreut."

Zum ersten Mal realisierte Sebastian was hier passierte. Er war auf der Beerdigung eines Menschen, den er kaum kannte, der ihn wohl aber über alles geliebt hatte. Ihm wurde flau im Magen.

Eine weitere Gruppe von älteren Herrschaften kam herüber. Sebastian gab auch ihnen allen die Hand und bedankte sich für ihr kommen. Gelegentlich klopfte ihm Erwin auf die Schulter. Es schneite immer stärker. Nach einer Viertelstunde läutete die Glocke des Kirchturms ein erstes Mal. Als diese ein weiteres Mal läutete, gingen alle hinein.

Die Bestattung dauerte genau 72:22 Minuten und lief folgendermaßen ab:

1. Instrumentalstück (5:38 Minuten)

Gespielt wurde Johann Sebastian Bachs Air, dem 2. Satz der Orchestersuite Nr. 3 D-Dur. Kein Musiker war vor Ort. Das Stück wurde von CD abgespielt.
   Sebastian und Erwin setzten sich in die erste Reihe.

2. Bibelspruch (0:11 Minuten)

Gott erhellt mir meinen Weg; er sorgt dafür, dass ich sicher gehe; er ist mein Ziel, meine Geborgenheit, ich gehe ohne Furcht. (Psalm 27,1)

Sebastian hatte die Hände in seinem Dufflecoat, da ihm kalt war. In der Kirche war nicht geheizt.

3. Liturgischer Gruß (0:08 Minuten)

Pfarrer: "Die Gnade unseres Herrn Jesus Christus und die Liebe Gottes und die Gemeinschaft des heiligen Geistes sei mit euch allen!"

Gemeinde: "…und mit deinem Geist!"

4. Begrüßung (04:47 Minuten)

Pfarrer: "Liebe Gemeinde, wir haben uns an diesem Wintermorgen hier versammelt, um unseren Nachbarn, Freund und…"

Der Pfarrer benutzte kein Mikrophon. Obwohl Sebastian in der ersten Reihe saß, hatte er Mühe sich auf den Text zu konzentrieren. Seine Hände wurden in den Taschen leicht feucht.

5. Lied (03:09 Minuten)

"Es kennt der Herr die Seinen", Evangelisches Gesangsbuch 358 (Text: Karl Johann Philipp Spitta 1843, Melodie: Bartholomäus Helfer 1646)

1) Es kennt der Herr die Seinen und hat sie stets gekannt, die Großen und die Kleinen in jedem Volk und Land; er lässt sie nicht verderben, er führt sie aus und ein, im Leben und im Sterben sind sie und bleiben sein.

2) Er kennet seine Scharen am Glauben, der nicht schaut und doch dem Unsichtbaren, als säh er ihn, vertraut; der aus dem Wort gezeugt und durch das Wort sich nährt und vor dem Wort sich beuget und mit dem Wort sich wehrt.

Sebastian nahm zum ersten Mal das kleine Heftchen in die Hand, welches neben ihm lag. Er öffnete es, suchte den Text und begann mitzusingen. Es folgten noch drei weitere Strophen.

6. Psalmtext (0:06 Minuten)

Lukas 20:38

Pfarrer und Gemeinde: "Gott aber ist nicht der Toten, sondern der Lebendigen Gott; denn sie leben ihm alle."

Sebastians Hände wurden feuchter. Auch merkte er, dass er unter den Armen schwitzte. Er atmete tief.

7. Biblische Lesung (02:14 Minuten)

Pfarrer: "Unsere Heimat ist der Himmel, an der Seite Gottes. Wir dürfen auf Jesus Christus warten, der von dort kommt, um uns zu erretten. Er wird unseren schwachen Körper…"

Sebastian wurde übel und er fragte sich, ob er bleich war. Aus den Augenwinkel konnte er sehen, wie Erwin zu ihm herübersah. Er versuchte sich auf die Worte des Pfarrers zu konzentrieren, doch ein leichter Tinnitus setzte ein.

8. Glaubensbekenntnis (00:37 Minuten)

Pfarrer und Gemeinde: "Ich glaube an Gott, den Vater, den Allmächtigen, den Schöpfer des Himmels und der Erde,
    und an Jesus Christus, seinen eingeborenen Sohn, unsern Herrn,
empfangen durch den Heiligen Geist, geboren von der Jungfrau
Maria, gelitten unter Pontius Pilatus, gekreuzigt, gestorben und
begraben, hinabgestiegen in das Reich des Todes, am dritten Tage
auferstanden von den Toten, aufgefahren in den Himmel; er sitzt
zur rechten Gottes, des allmächtigen Vaters; von dort wird er kommen, zu richten die Lebenden und die Toten.
    Ich glaube an den Heiligen Geist, die heilige christliche Kirche,
Gemeinschaft der Heiligen, Vergebung der Sünden, Auferstehung
der Toten und das ewige Leben. Amen."

Die Außenseiten des Hefts waren feucht von Sebastians Schweiß.
Er fragte sich, wie lange es wohl noch dauert, bis die Außenseiten
zerfallen. Sein rechtes Bein wippte in schneller Frequenz auf und ab.

9. Lied (02:17 Minuten)

"Nun ruhen alle Wälder", Evangelisches Gesangbuch 477 (Text:
Paul Gerhardt 1647, Melodie: nach Johann Sebastian Bach BWV
392)

1) Nun ruhen alle Wälder,
Vieh, Menschen, Stadt' und Felder,
es schläft die ganze Welt;
ihr aber, meine Sinnen,
auf, auf, ihr sollt beginnen,
was eurem Schöpfer wohlgefällt.

Sebastians rechter Arm fing an zu kribbeln und es war ihm als würde dieser einschlafen. Seine Atmung wurde tiefer zugleich schneller.
Sebastian sang mit. Es folgten noch acht weitere Strophen.

10. Predigt (14:12 Minuten)

Pfarrer: "In der Stunde, in der wir Abschied nehmen…"

Sebastian verstand kaum etwas. Der Tinnitus wurde immer stärker. Außerdem bekam er nur schlecht Luft. Er wollte zu seinem Asthmaspray greifen, ließ es dann aber bleiben, um keine weitere Aufmerksamkeit auf ihn zu ziehen. Erwin schaute zu ihm hinüber. Er stellte fest, dass sich sein rechtes Bein in schneller Frequenz auf und ab bewegte und hörte sofort damit auf.

Der Pfarrer redete über seinen Großvater, seine Großmutter, seinen Vater. Auch Sebastian wurde erwähnt. Sebastian schloss die Augen. Irgendwann hörte der Pfarrer auf zu reden.

11. Stille (00:48 Minuten)

Sebastian hörte Menschen auf den hinteren Reihen husten. Draußen ging ein starker Wind. Es würde wohl auch diesen Tag durch schneien.

12. Persönliches Gedenken (0:00)

Normalerweise hätten an dieser Stelle eine oder mehrere Personen Worte über den Verstorbenen verloren. Da sich allerdings niemand bei dem Pfarrer im Vornherein gemeldet hatte, wurde dieser Teil weggelassen.

Sebastian wusste davon nichts. Hätte er davon gewusst gehabt, wäre er trotzdem nicht nach vorn gegangen.

Sebastians Atmung wurde wieder flacher.

13. Vaterunser (00:26 Minuten)

Pfarrer und Gemeinde: "Vater unser im Himmel
Geheiligt werde dein Name.
Dein Reich komme.
Dein Wille geschehe,
wie im Himmel, so auf Erden.
Unser tägliches Brot gib uns heute.
Und vergib uns unsere Schuld,
wie auch wir vergeben unsern Schuldigern.
Und führe uns nicht in Versuchung,
sondern erlöse uns von dem Bösen.
Denn dein ist das Reich
und die Kraft und die Herrlichkeit
in Ewigkeit. Amen."

Der Tinnitus wurde wieder leiser.

14. Abschiedssegen (00:20 Minuten)

Pfarrer: "Wir wollen Erhard dem lebendigen Gott anvertrauen.
Es segne dich Gott, der Vater,
der dich nach seinem Bild geschaffen hat.
Es segne dich Gott, der Sohn,
der dich durch sein Leiden und Sterben erlöst hat. Es segne dich
Gott, der Heilige Geist,
der dich zum Glauben gerufen und geheiligt hat. Gott, der Vater
und der Sohn und der Heilige Geist geleite dich durch das Dunkel
des Todes.
Er sei dir gnädig im Gericht
und gebe dir Frieden und ewiges Leben."

Gemeinde: "Amen."

Die Übelkeit verging Sebastian.

15. Urnengeleit zum Grab (10:24 Minuten)

Die Tür ging auf. Der Pfarrer ging als erster. Erwin gab Sebastian zu verstehen, dass er als nächster gehen musste. Die beiden standen auf und gingen dem Pfarrer hinterher. Sebastian schaute bis er die Kirche verlassen hatte nicht vom Boden auf. Obwohl er sich unsicher war, ob es sich gehörte, dass er sich eine Zigarette anzündete, tat er es dennoch. Das Kribbeln in seinen Armen hörte auf. Die Glocken begannen zu läuten.

"Vielen Dank", sagte er zu dem Pfarrer. Der Pfarrer war in seinen Sechzigern, trug Brille und einen Kopf kleiner als Sebastian.

"Gern. Mein Beileid, Sebastian."

Er gab Sebastian die Hand.

"Danke."

Man ging gemeinsam den schmalen Weg von der Kirche zum Friedhof. Als erster lief ein Friedhofsangestellter mit der Urne. Dahinter Erwin und der Pfarrer, die sich unterhielten. Sebastian lief neben den beiden, hörte ihnen aber nicht zu. Hinter den drei Männern im Abstand von dreißig Metern lief der Rest der Gäste. Insgesamt waren knapp fünfzig Menschen erschienen, zum Grab kamen keine zwanzig mehr mit.

16. Grablegung (11:00 Minuten)

Pfarrer: "Der allmächtige Gott, der dich geschaffen hat, ruft: Fürchte dich nicht, denn ich habe dich erlöst; ich habe dich beim Namen gerufen, du bist mein."

Die Urne wurde nach unten gelassen. Der Pfarrer winkte Sebastian heran und hielt ihm eine Schale mit Erde hin. Sebastian nahm eine Hand voll und streute die Erde über die Urne. Danach tat der Rest der Gäste es ihm gleich. Sebastians Füße waren kalt. Schnee war in seine Schuhe gezogen.

Pfarrer: "Der Herr segne dich und behüte dich;
der Herr lasse sein Angesicht leuchten über dir
und sei dir gnädig;
der Herr hebe sein Angesicht über dich
und gebe dir Frieden"

17. Verabschiedung (16:03 Minuten)

Als der Pfarrer fertig war, kamen ein paar der Gäste zu Sebastian
und Erwin herüber und sprachen den beiden ihr Beileid aus. Meist
lächelten die Frauen Sebastian an, während die Männer ihm auf die
Schulter klopften. Für Sebastian sahen alle gleich aus. Danach drehten sie sich um und sprachen untereinander. Nach ein paar Minuten
verabschiedeten sich die ersten und gingen zurück zum Friedhofstor. Irgendwann waren alle gegangen.

Drei Namen standen auf dem Grabstein: Hardi Krauße, Martha
Krauße, Erhard Krauße. Sebastian schaute die Namen eine Weile
lang an. Dann drehte er sich zu Erwin und fragte: "Wollen wir auch
los?"

Nachdem Sebastian das Friedhofstor geschlossen hatte, gingen die
beiden zur Kirche. Der Weg war glatt und der Schnee matschig
gelaufen von den vorangegangenen Gästen. Kurz bevor sie wieder
bei der Kirche ankamen, sagte Erwin: "Wir müssen hier nochmal
kurz reinschauen."

Er ging zur Tür eines kleinen Hauses, das am Hang gebaut war,
und öffnete diese. Die beiden gingen hinein. Stimmen waren zu
hören.

"Hier trifft sich immer die Sängergruppe von Schmiedefeld",
sagte Erwin.

Sebastians Großvater hatte in der Gruppe gesungen. Meist sangen sie Volkslieder, ab und an Rock'n'Roll. Sebastians Großvater war
der Gruppe nach dem Tod von Sebastians Vater beigetreten.

Sebastian und Erwin betraten die Stube. Es roch nach Zigarettenrauch. Zehn ältere Herren saßen um einen Tisch herum. Vor
ihnen: Hasseröder-Bier und Schnapsgläser. In der Mitte des Tischs:
Obstlerflaschen. Die Herren nickten den beiden zu.

"Na, ihr", sagte Erwin und nickte zurück.

Einer der Herren stand auf und gab Sebastian die Hand. Sebastian hatte den Herrn bereits auf dem Friedhof gesehen.

"Hallo, Sebastian", sagte er. "Nochmal mein Beileid, mein Lieber. Setzt euch doch."

Sebastian winkte in die Runde. Dann setzte er sich ans Tischende auf einen der letzten beiden freien Stühle.

"Willst du was trinken?"

"Was habt ihr denn?"

"Bier und Schnaps."

Sebastian überlegte kurz. Dann sagte er: "Ja, dann beides bitte."

Zwei der Herren lachten daraufhin kurz auf.

Sebastian wurde ebenfalls ein Hasseröder gebracht und der Herr rechts neben Sebastian schenkte ihm einen Obstler ein.

"Du nimmst doch auch einen, oder?", fragte der Herr Erwin, der sich mittlerweile ebenfalls gesetzt hatte.

"Auf den Erhard aber sicher. Danke Fred!"

Der Herr schenkte auch Erwin einen Schnaps ein. Danach füllte er sich selbst sein Glas und hob es.

"Auf den guten Erhard! Mag es ihm wohl ergehen, wo er jetzt ist."

"Auf den Erhard!", sagten alle.

Sebastian schüttete den Obstbrand nach hinten. Er brannte fürchterlich, woraufhin Sebastian ihn mit dem Bier nachspülte. Da die meisten anderen Gäste rauchten, zündete sich auch Sebastian eine Zigarette an. Seine Hände waren noch rot von der Kälte und zitterten leicht.

"Gut, dass du deinen Opa noch einmal besucht hattest, Sebastian", sagte Fred. "Der hat sich darüber wirklich gefreut. Von nichts anderem konnte er erzählen."

"Ja, ich fand es auch gut. Schade, dass ich es nicht nochmal vor seinen Tod geschafft hatte."

Die Herren schwiegen. Fred schüttete noch einmal Obstler nach.

"Weißt du eigentlich, dass dein Opa ein wirklich guter Sänger war?"

"Naja, nicht so wirklich…"

"Jaja- dein Erhard war ein toller Sopran. Wenn der einmal sein

Organ angeschmissen hat, hat er uns alle unter den Tisch gesungen. Immer schon. Er ist ja damals beigetreten, als dein Vater… du weißt schon."

"Ja, das…"

"Tragisch, was deinem Vater damals passiert ist. Wirklich tragisch. Das war ganz schlimm für deine Großeltern."

"Das glaub ich."

"Und dann als deine Mutter - also ich mach der Petra keinen Vorwurf - aber die hätte dich schon öfter mal hierher schicken können. Das hätte dir sicher nicht weh getan."

"Ich glaube zwischen beiden Parteien war es etwas…"

"Der Erhard und die Martha haben dich wirklich vermisst. Die waren ja die ganze Zeit alleine, weißt du?"

Erst jetzt merkte Sebastian wie betrunken dieser Fred bereits war.

"Ja, ich habe sie auch vermisst", antwortete Sebastian, obwohl es nicht stimmte. Er kannte seine Großeltern nicht gut genug, um sie zu vermissen.

"In den Ferien hättest du schon einmal kommen können", stimmte nun auch ein anderer ein.

"Ja, ich…", begann Sebastian.

"Nee, da hätten sich deine Großeltern wirklich gefreut. Aber nun ist's wohl zu spät", fügte noch ein anderer hinzu. Danach hob er sein Glas: "Auf den Erhard!"

"Auf den Erhard!", machten wieder alle mit. Diesmal brannte der Obstler nicht mehr so stark. Nachspülen musste Sebastian trotzdem.

"Naja, jetzt lasst doch mal den Sebastian in Ruhe. Der konnte ja nun wirklich nichts dafür. Ist ja nicht seine Schuld, dass seine Mutter unbedingt umziehen musste", sagte wieder ein anderer.

"Wie geht`s deiner Mutter eigentlich, Sebastian?", fragte einer der Herren, der vermutlich im selben Alter wie seine Mutter war.

"Ganz gut, denke ich."

"Achso. Na dann ist ja gut. Wohnt sie noch in Sachsen?"

"Ja."

"Ist sie auch immer noch mit diesem… wie hieß er gleich?"

"Henri? Ja, sind noch zusammen", antworte Sebastian, obwohl er nicht recht wusste, was den Herrn das anging.

"Schön. Das freut mich", sagte der Herr und schaute auf sein Bier. "Ich hatte deiner Mutter damals das Autofahren beigebracht. Saß auch bei ihr im Auto zur Prüfung."

Sebastian kannte diese Geschichte. Seine Mutter musste an einem Hang stark wenden, hat dann die Kontrolle verloren und der Trabant hat sich überschlagen. Auf dem Dach liegend, mussten die zwei aussteigen und den Wagen per Hand wieder auf die richtige Seite hieven. Den beiden war nichts passiert und dem Wagen, bis auf ein paar Kratzer, ebenfalls nichts.

"Ach, Sie waren das! Ja, von der Prüfung hab ich gehört."

"Ja, das war was, kann ich dir sagen. Die Geschichte ging über alle Dörfer."

Sebastian drückte die Gauloise aus und zündete sich eine zweite an.

"Das glaub ich gern", sagte er, während Fred die dritte Runde Obstler einschenkte. Sebastian fragte sich, wie viel die anderen bereits getrunken hatten, bevor mit Erwin eintraf.

"Und sag: Was wirst du mit dem Haus machen?", fragte ein anderer.

"Ehrlich gesagt hab ich noch keine Ahnung."

"Naja, viel wird es nicht wert sein. Wenn du es überhaupt verkauft bekommst. Der Markt ist hier nicht sonderlich gut. Und wenn die Hütte schließt, wird es vermutlich noch schlimmer."

"Ach ja - die Hütte!", schaltete sich nun auch Fred wieder ein. "Was treibt eigentlich dein Benni drüben in Obergrundbach?"

"So richtig weiß ich es auch nicht. Er führt wohl den Streik an."

"Hast du schon mit ihm gesprochen?", fragte Fred und schaute dabei hinüber zu einem anderen Herrn, der ihn grimmig ansah.

"Ja, er hat mich gestern vom Zug abgeholt. Naja, es geht wohl darum, dass sie die Schließung verhindern wollen. Mehr weiß ich auch nicht."

Alle Männer am Tisch nickten einstimmig.

"Richtig so", sagte Fred. "Die sollen es denen mal ordentlich zeigen."

"Ja, also…", begann Sebastian, wurde dann jedoch von dem Fahrschullehrer unterbrochen.

"Der Benni macht das genau richtig. Die Arbeiter haben das Werk aufgebaut und nicht diese komischen Amerikaner. Über Generationen haben die die Hütte groß gemacht, und das soll jetzt der Dank sein? Die Amerikaner streichen die Millionen ein und alle Arbeiter werden entlassen, nur weil sich das Glas in China billiger produzieren lässt? Die müssen doch spinnen!"

"Genau", stimmten die anderen Herren ein. Dabei nickten sie und schauten auf ihre Flaschen.

"Aber mehr hat dir der Benni nicht erzählt?"

"Leider nein. Was soll er mir denn erzählt haben?"

Die Männer schwiegen. Fred schüttete noch einen Obstler nach.

Sebastian und Erwin saßen noch eine halbe Stunde bei den Herren am Tisch. Irgendwann verabschiedeten sie sich.

"Hat uns gefreut, dich auch mal kennenzulernen, Sebastian", sagte Fred bei der Verabschiedung.

"Mich auch", erwiderte Sebastian und gab ihm die Hand.

Erwin klopfte drei Mal auf den Tisch, dann gingen die beiden nach draußen.

"Ob ich jetzt noch fahren kann", sagte Erwin.

"Ach, das wirst du schon schaffen."

"Naja, ich will nicht derjenige sein, der den letzten Krauße unter die Erde gebracht hat. Das wird mir dein Großvater im Himmel nicht verzeihen."

Sebastian musste laut lachen.

"Keine Sorge. Der wird das schon verstehen."

Die beiden liefen hinunter zum Mazda und stiegen ein.

Erwin zündete den Wagen. Im Radio lief Antenne Thüringen. Die beiden rollten die schmale Gasse hinunter auf die Hauptstrasse. Nach ein paar Minuten waren sie aus dem Dorf raus und wieder in den Wäldern. Auf halbem Weg zwischen Schmiedefeld und Obergrundbach wurden die beiden von zwei Polizeiwagen überholt. Beide hatten ihre Sirenen an.

"Da hat's aber jemand eilig", sagte Erwin.

"Hoffentlich halten die uns nicht an. Wenn du blasen musst…", sagte Sebastian.

"Mach mir keine Angst!"

Sebastian lachte.

"Wann willst du denn morgen ins Haus?", fragte Erwin. Vom ganzen Obstler hatte Sebastian ganz vergessen, dass es ja noch einiges organisatorisches zu erledigen gab.

"Wie es dir passt", antwortete er. "Ehrlich."

"Naja, wir wollten morgen Nachmittag mal nach Saalfeld zur Bank. Würde für dich elf Uhr passen?"

"Elf ist super. Soll ich dir irgendwie entgegen kommen?"

"Nee, lass nur. Ich hol dich wieder bei deiner Oma ab."

"Dank dir!"

"Kein Problem."

Der Streik am Glaswerk Obergrundbach ist am Mittag eskaliert, als eine Gruppe der Mitarbeiter angekündigt hat, das Werk besetzt zu halten, um dessen bevorstehende Schließung zu verhindern.

Es war kurz nach vierzehn Uhr und auf Antenne Thüringen liefen die Nachrichten. Erwin drehte das Radio lauter.

Ziel der Aktion ist laut Angabe des Streikführers das Werk zurück in die Hände der Arbeiter zu bekommen. Bis dieses Ziel erreicht ist, werde man das Werk nicht verlassen.

Erwin schaute zu Sebastian herüber.

"Hat der Radiofritze gerade gesagt, dass die die Hütte besetzt haben?"

"Ich glaub schon."

"Ach du grüne Neune! Was hat sich dein Benni denn jetzt eingebrockt!"

"Gute Frage."

"Das fahren wir uns jetzt ansehen", sagte Erwin und trat aufs Gas. Es schneite nun noch stärker als am Morgen.

Vier

Als Sebastian und Erwin auf dem Marktplatz vor der Hütte ankamen, hatte sich bereits das halbe Dorf darauf versammelt. Neben den Menschen standen Polizeifahrzeuge und Feuerwehrwagen. Erwin parkte am äußeren Rand des Marktplatzes. Die beiden stiegen aus und Sebastian zündete sich eine Zigarette an. Dann gingen sie hinüber zu einer der größeren Gruppen.

"Schau mal! Dort steht dein Bernd", sagte Erwin. Er meinte damit Sebastians Onkel und Vater von Benjamin.

"Stimmt."

Sebastian pfiff und ein paar der Menschen drehten sich zu den beiden um. Bernd brauchte nicht lang, um seinen Neffen zu erkennen. Er rief herüber: "Ach schau an! Der Großstädter!" Dabei grinste er.

"Jaja", rief Sebastian zurück.

Als die beiden voreinander standen, umarmten sie sich.

"Mein Guter, du sollst doch mit dem Rauchen aufhören! Was glaubst du denn, warum dein Opa so oft ins Krankenhaus muss?", sagte Bernd.

"Ich weiß, ich weiß", sagte Sebastian.

"Schön dich zu sehen!"

"Gleichfalls."

"Mein Beileid noch. Wie war die Beerdigung?"

"Naja, wie Beerdigungen halt so sind", antwortete Sebastian. "Nicht unbedingt amüsant."

"Ja, das glaub ich. Aber gut, dass du da warst."

"Ja."

Bernd drehte sich zu Erwin und gab ihn die Hand.

"Tag, Erwin. Wie geht's dir?"

"Schlechten Menschen geht's doch immer gut, Bernd. Weißt du doch!"

"Wohl wahr. Aber sagt mal: Habt ihr beide gesoffen? Ihr riecht ganz schön."

"Ja, wir hatten ein paar Schnäpse", sagte Erwin. "Die Sänger haben den Sebastian genötigt."

"Ach bei den Sängern wart ihr? Na dann ist ja alles klar."

Bernd zündete sich ebenfalls eine Zigarette an.

"Hast du nicht gerade gesagt…", versuchte Sebastian einzuwerfen.

"Ich bin so alt, bei mir ist eh schon alles verloren. Bei dir hingegen ist das was anderes."

Sebastian zündete sich auch eine Zigarette an. Die Schnäpse wirkten nun richtig. Dann sagte er: "Aber jetzt sag: Was ist hier eigentlich los?"

Bernd winkte ab.

"Was soll denn los sein? Unser Benni hat halt seine Drohungen war gemacht."

"Was denn für Drohungen?"

"Der sagt schon seit Wochen: Wenn die nicht auf unserer Forderungen eingehen, dann nehmen wir halt die Hütte an uns."

"Ja, aber was soll das heißen?"

"Die Jungs werden die Hütte besetzt halten, solange die Schließung abgewendet ist. Früher gehen die da nicht mehr raus. Das kannst du wissen."

Sebastian schaute hinüber zu der Esse der Hütte.

"Ja, aber wird sie nicht die Polizei da rausholen?"

"Die Polizei?", fragte Bernd und fing an, laut zu lachen. "Die Polizei, mein lieber Sebastian, wird nen Teufel tun, die Jungs da rauszuholen. Die haben doch selber genug Familie, die hier arbeitet. Nee, nee - die Polizei ist auf unserer Seite."

Sebastian schaute seinen Onkel verwundert an. Dann schaute er zu den Polizeibeamten hinüber. Drei sprachen miteinander, zwei sprachen in ihre Funkgeräte. Alle fünf rauchten. In besonderer Aufregung schienen sie nicht zu sein.

"Ach, schau an, wer da kommt", sagte Bernd.

Sebastian drehte sich um und sah seine Tante den Hang hinunter zum Marktplatz kommen.

Als sie ihren Mann und Sebastian erkannte, rief sie: "Dieser Spinner! Jetzt hat der sich mit den anderen Idioten da ernsthaft eingeschlossen, oder was?"

Bernd lachte erneut laut auf.

"Der macht das schon richtig", rief ihr Bernd zurück.

"Sag mal, jetzt spinnst du wohl auch noch? Der wandert für den Scheiss doch noch ins Gefängnis."

Sebastian schaute abwechselnd seinen Onkel, sowie seine Tante an.

"Ach Katrin, nen Scheiss wird der tun. Lass die nur mal machen. Damit der Huberts nur merkt, mit wem er es zu tun hat hier.

"Du holst jetzt gefälligst sofort deinen Sohn da raus und sagst ihm, dass er nach Hause gehen soll, bevor er noch mehr Schaden anrichtet."

"Schaden anrichtet? Was richtet er denn für nen Schaden an? Die Jungs sind doch die einzigen, die hier was machen gegen diese ganze Schweinerei."

"Ich glaub, ihr habt alle den Verstand verloren!", sagte Sebastians Tante, bevor sie sich zu ihm wandte. "Sebastian! Komm mal her."

Sie umarmte ihren Neffen. Dann fuhr sie fort: "Kannst du nicht etwas sagen? Du bist doch ein bisl vernünftiger als meine Männer."

"Ich ahh…"

"Sebastian, halt dich da raus!", sagte Bernd zu Sebastian.

Katrin sah ihren Mann streng an. Dann drehte sie sich wieder zu Sebastian und fragte: "Wie war die Beerdigung, Großer? Ist alles gut gegangen?"

"So gut es eben geht", antworte Sebastian.

"Boah- du hast aber ne ganz schöne Fahne, Sebastian. Mein lieber Scholli! Habt ihr schon gesoffen?"

"Die Sänger haben Sebastian genötigt", fügte Erwin wieder ein.

"Ach, na dann ist alles klar."

Katrin gab Erwin die Hand. "Hallo übrigens noch."

Plötzlich drehten sich die Menschen auf dem Markplatz in Richtung Hauptstrasse und einige fingen an, laut zu pfeifen.

Auch Sebastian drehte sich um und sah wie eine schwarze Mercedes S-Klasse den Hang hinunter gerollt kam.

"Da kommt das Schwein!", sagte Bernd. "Weißt du, wie oft der hier war in den Jahren, die er das Werk besitzt, Sebastian?"

"Keine Ahnung."

"Genau drei Mal. Das letzte Mal vor anderthalb Jahren. Sogar dich sieht man hier im Dorf öfter als den."

"Naja…"

"Die Verhandlungen mit dem Bürgermeister und der Gewerkschaft hat er nicht selbst geführt. Aber jetzt, wo er merkt, dass es hier wohl einen Image-Schaden für ihn und die Amerikaner geben könnte, kommt er natürlich persönlich vorbei. Dieses dumme Arschloch."

Auch Bernd fing an zu pfeifen, als der Wagen an ihnen vorbeikam. Die Scheiben waren getönt und man konnte nicht sehen, wer in dem Wagen saß. Der Wagen kam zum stehen und ein junger Mann in Sebastians Alter stieg aus. Er hatte ein Megaphon in der Hand und ging damit hinüber zu der Bühne, auf der im Sommer die Kirmes-Band spielte. Der junge Mann schaltete das Megaphon an und sagte: "Meine Damen und Herren, Herr Huberts ist auf dem Weg hierher und wird in ungefähr zwei Stunden eintreffen. Die PSP-Group ist daran interessiert, die Situation friedlich und im Interesse aller Beteiligten zu lösen. Eine ausführlichere Stellungnahme kommt dann von Herrn Huberts gegen 18 Uhr. Vielen Dank!"

Der junge Mann verließ die Bühne wieder und ging zurück zur Limousine. Er stieg ein und der Wagen fuhr fort. Diesmal allerdings nicht an den Bewohnern und Demonstranten vorbei, sondern über eine kleine Strasse, die um die Hütte herum führte.

"Jaja- im Interesse aller Beteiligter", sagte Bernd. "Dem Scheisser ist der Arsch ordentlich auf Grundeis gegangen."

Dann zündete er sich eine weitere Zigarette an. Sebastian tat es seinem Onkel gleich, obwohl ihm leicht übel war.

"Wie geht's jetzt hier weiter?", fragte Sebastian in die Runde.

"Na, ich hoffe, dass die Spinner sofort da rauskommen", sagte Katrin.

"Der Benni bleibt jetzt erst recht drin und wartet ab, was der Huberts am Abend zu erzählen hat", widersprach ihr Bernd.

Sebastian schaute noch einmal die Menge an, dann wendete er sich Erwin zu.

"Dank dir für alles heute! Ohne dich wäre die Beerdigung wohl nicht so gut abgegangen."

"Ach, für den Erhard mach ich das doch gerne. Der war mir immer gut gewesen. Soll ich dich noch hoch zu deiner Oma fahren?"

"Nee, brauchst du nicht. Ich werd laufen. Es schneit ja nicht mehr doll."

"Wie du meinst. Ich bleib noch ein wenig hier und schau mir das Schauspiel an."

Sebastian verabschiedete sich von allen und ging den Hang hinauf zu dem Haus seiner Großeltern.

Fünf

Als Sebastian die Küche seiner Großeltern betrat, stand seine Großmutter am Fenster und schaute mithilfe eines Fernglas hinunter zur
Hütte. Im Radio lief Blasmusik. Sie drehte sich zu ihm herum und
sagte: "Sebastian! Da bist du ja schon! Ich hatte noch gar nicht mit
dir gerechnet."

"Naja, die Beerdigung war um zehn."

"Na, ich dachte, ihr seid noch auf einem Leichenschmaus."

"Nee, wir waren nur noch kurz bei den Sängern."

"Wie war die Beerdigung?"

"Wie Beerdigungen halt so sind. Hast du vielleicht was zu essen?"

"Ich hab vorhin Hasensauersch gemacht."

```
Hasensauersch Rezept

Hasensauersch ist ein Eintopf, bestehend aus den Innereien
eines Hasen; Lunge, Nieren, Herz - alles was übrig blieb,
wenn man den Hasen auseinander genommen und das Fleisch
abgetrennt hat. Die Innereien werden zunächst dreißig
Minuten lang gekocht. Dann werden zwei Eier, Essig, Salz,
Pfeffer und Mehl dazu gegeben. Sobald der Eintopf die ge-
wünschte graue Farbe erhalten hat, köchelt er auf mittlere
Hitze eine weitere halbe Stunde. Danach kann noch einmal

Essig hinzugegeben werden.
```

Als Kind hatte Sebastian Hasensauersch geliebt. Kurz dachte
er daran, dass er eigentlich kein Fleisch mehr aß, aber verwarf den
Gedanken schnell wieder.

"Super! Aber hattest du nicht heute früh eine Kartoffelsuppe gemacht?"

"Ja, aber die ist für deinen Opa. Die sollte dein Onkel eigentlich ins Krankenhaus bringen, aber so wie es aussieht, ist der ja gerade beschäftigt."

Sebastians Großmutter rollte mit den Augen und drehte ihren Kopf wieder hinüber zum Fenster.

"Ja, sieht ganz danach aus."

"Meine Güte! Was denken die Kerle sich eigentlich?"

"Keine Ahnung."

"Naja, iss du erstmal was und trink nen Tee. Du siehst ja ganz schön erfroren aus in deinem dünnen Jäckchen."

"So dünn ist die Jacke nun nicht."

"Ich sag ja nur. Nicht, dass du dich erkältest. Du warst immer schon schnell kränklich."

Sebastian legte seinen Dufflecoat ab und zog seine Schuhe aus. Seine Socken waren nass, also zog er diese ebenfalls aus. Danach setzte er sich an den Tisch und tat sich etwas Kartoffelpüree auf den Teller und dazu das Hasensauersch. Während er aß, schaute auch er aus dem Fenster und hörte der Blasmusik zu.

Jeden Sonntag von dem Tag an dem Sebastian geboren wurde, bis zu seinem zehnten Lebensjahr verbrachte er an diesem Tisch. An jeden dieser Sonntage gab es Klöße und dazu einen Braten, Rouladen oder Hase. Sebastians Mutter konnte irgendwann Klöße nicht mehr sehen. Genauso wenig wie Braten, Rouladen, Hase oder Hasensauersch.

Als Sebastian mit dem ersten Teller fertig war, klingelte sein iPhone. Es war Erik. Er nahm ab.

"Ja?"

"Alter - Alarm! Hab gerade mit dem Helber geskyped."

"Und?"

"Er hat gemeint, dass die Feynmans nun doch unsere Bewertung zu hoch finden, und unter diesen Bedingungen nicht mitgehen wollen."

Die Feynmans waren Zwillinge und eines der Aushängeschilder der Berliner Startup-Szene. Die beiden hatten ein paar Jahre zuvor ihre erste Firma - eine Groupon-Copycat - an Springer verkauft und mit dem Geld einen Risikokapitalgeber für Unternehmen in der Frühphase gegründet. Sebastian und Erik waren bereits in der Seed-Runde mit den Feynmans im Gespräch, doch damals glaubten sie nicht an das Produkt oder den Markt. Als Sebastian und Erik jedoch beweisen konnten, dass mit dem Markt doch etwas ging, waren die Feynmans Feuer und Flamme und wollten mit einsteigen. Das war im Spätsommer gewesen. In den Monaten danach hatten Sebastian und Erik noch weitere Investoren akquirieren und die Bewertung ihrer Firma von 5 Mio. auf 7 Mio. Euro steigern können. Eine Woche zuvor waren die Feynmans mit der Bewertung von 7 Mio. Euro okay gewesen. Ab diesem Tag waren sie es nicht mehr.

"Wie bitte?"

"Ja, ich weiß auch nicht, wie die jetzt auf solche Spiele kommen. Hab vorhin mal versucht die beiden telefonisch zu erreichen, aber keiner hat abgenommen."

"So ein Fuck! Und was meint der Helber?"

"Der meint, der Deal muss jetzt gemacht werden. Wenn die anderen mitbekommen, dass die Feynmans zögern, dann kann es passieren, dass uns die ganze Runde flöten geht. Aber das wissen wir ja selber."

"So ein Dreck! Diese Spastis, ey."

"Witten/Herdecke-Fotzen!"

"Ich hab aber auch keinen Bock, wegen denen die Bewertung zu senken. Sieben passt."

"Nee, ich auch nicht."

"Dass das auch gerade jetzt passieren muss."

"Ja, fuck. Dass Weihnachten vor der Tür steht, hilft uns ganz und gar nicht. Das gibt den anderen auch nochmal länger Bedenkzeit. Not good."

"Nee."

"Naja, ich schau mal, dass ich die heute oder morgen an die Strippe bekomme. Wie geht's bei dir?"

"Okay. War halt ne Beerdigung."

"Beerdigungen sind doch eigentlich immer ganz geil. Man kann sich besaufen mit Leuten, die man gar nicht kennt."

"Ja, es gab ein paar Schnäpse."

"Wann kommst du zurück?"

"Ich muss hier noch ein paar organisatorische Sachen klären. Spätestens in ein paar Tagen bin ich zurück in Berlin."

"Okay. Naja, ich halt dich im Loop und wenn ich was dringendes brauch, dann ruf ich durch."

"Mach das."

"Hau rein, mein Bester."

"Du auch."

Sebastian legte auf, machte sich noch einen Teller mit dem Hasensauersch und dachte an die Firma. Sie hatten noch genug Geld auf dem Konto für vier, vielleicht fünf Monate. Der Umsatz stieg zwar täglich, war aber bei weitem nicht groß genug um das ganze Team zu tragen. Zu dieser Zeit bestand die Belegschaft aus 24 Personen. Wenn der Deal nicht schnell über die Bühne ging, würden Sebastian und Erik zum fünfzehnten Januar die ersten entlassen müssen.

Als Sebastian aufgegessen hatte, ging er zur Spüle und wusch den Teller ab.

"Lass doch. Ich kann das später machen", sagte seine Großmutter.

"Schon gut. Ich muss grad ein wenig nachdenken, da hilft sowas."

"Wer hat denn gerade angerufen?"

"Mein Geschäftspartner."

"Ach - von deiner Firma?"

"Jaja."

"Was macht ihr nochmal?"

"Willst du das wirklich wissen?"

"Aber sicher doch!"

"Wir haben ne Plattform, die es unseren Nutzern ermöglicht…"

"Im Internet richtig?"

"Ja. Also unsere Nutzer…"

"Verdient ihr damit Geld?"

"Willst du jetzt wissen, was mir machen oder nicht?"

"Also verdient ihr kein Geld."

"Doch schon. Aber zu wenig. Im Moment brauchen wir noch neues Geld von Investoren."

"Sowas was der Huberts für die Amerikaner macht? Ist der nicht auch Investment-Manager?"

"Nee, nicht ganz so. Aber so ähnlich… irgendwie."

"Naja, dann solltest du mal mit ihm reden. Aber nicht, dass er euch Geld gibt und dann auch eure Firma schließen lässt."

"Das funktioniert bei uns anders", sagte Sebastian, obwohl er wusste, dass es eigentlich recht ähnlich funktionierte.

"Dann habt ihr ja Glück."

"Wie man's nimmt. Du- ich leg mich mal hin. Mir ist ein wenig flau im Magen."

"Um diese Uhrzeit? Dann kannst du doch in der Nacht nicht schlafen."

"Doch, doch- das bekomm ich schon hin."

"Mach, wie du denkst. Du bist alt genug."

Sebastian verließ die Küche und ging ins Gästezimmer. Hier war es gefühlt zwanzig Grad kälter als in der Küche. Er drehte die Heizung auf und legte sich ins Bett. Von draußen drang ein violettes Licht ins Zimmer, welches aus dem Wald zu kommen schien, aber Sebastian beachtete es nicht und schloß seine Augen.

Sechs

Als Sebastian aufwachte, war es bereits wieder dunkel. Er stand auf und schaute aus dem Fenster: Es schneite nicht mehr, aber unten bei der Hütte schien nun noch größerer Betrieb zu sein als noch am Nachmittag. Er suchte sich ein paar bequemere Sachen als den Anzug aus seiner Reisetasche und ging danach ins Bad um zu duschen. Während das Wasser seinen Körper hinunterlief, versuchte er erneut sich einen runterzuholen, aber es gelang ihm nicht. In seinem Kopf waren über die paar Stunden Schlaf die Bilder von der Beerdigung mit den Nachrichten bezüglich der Investmentrunde verschmolzen. Sein Magen hatte sich ebenfalls nicht erholen können.

Sebastian zog sich eine Jeans und ein Flanellhemd an, dann ging er wieder hinüber in die Küche. Katrin saß mit seiner Großmutter am Küchentisch. Beide hörten dem Radio zu.

"Oh", sagte Sebastian. "Hey Katrin!"

"Psst! Die berichten grad über die Hütte."

Sebastian ging hinüber zum Tisch. In dem Moment, als er sich gesetzt hatte, sagte der Radiosprecher: "In weiteren Nachrichten: Berlin. Die Bundesregierung hat…"

Katrin drehte das Radio leiser.

"Na, meine Fresse", sagte sie. "Damit hat sich der Huberts aber ordentlich ins Bein geschossen."

"Was ist denn passiert?"

"Vor ner Stunde hat er bekannt gegeben, dass die PSP-Group die Besetzung - wie er es nennt - nicht hinnehmen will, und mit allen Mitteln versuchen wird, die Besetzer aus seinem Werk heraus zu bekommen. Außerdem verglich er die Aktion mit der Enteignung der Juden im Dritten Reich. Dieses dumme Arschloch."

"Krass", erwiderte Sebastian. "Wie geht's jetzt weiter?"

"Der Huberts hat den Jungs ein Ultimatum gestellt. Wenn sie in 48 Stunden nicht raus sind, wird er sie raus holen. Zur Not gewaltsam."

"Ach du grüne Neune!"

"Das kannst du laut sagen."

"Aber gibt's keinen Vermittler?"

"Doch. Gibt's wohl. Der Bürgermeister versucht es ja schon seit Monaten, kommt aber nicht weiter. Deine Tante Heike ist auch mit von der Partie, aber auf welcher Seite die steht, ist nicht wirklich klar."

Sebastians Tante Heike war die Schwester seiner Mutter und von Bernd. Sie lebte ein paar Dörfer weiter an der Bayrischen Grenze und war die Gewerkschaftsführerin in der Umgebung. Sie war die älteste der drei Geschwister und Sebastians Großmutter nicht unähnlich. Außerdem hatte sie es von all den Geschwistern am weitesten gebracht aus beruflicher Sicht.

"Was meinst du?"

"Deine Tante Heike redet immer nur davon, wie gut die Angebote vom Huberts im Vergleich zu anderen Angeboten sind, die sie im Laufe ihrer Jahre in der Gewerkschaft schon gesehen hat. Aber darauf, was Benni und die anderen Mitarbeiter sagen, geht sie kaum ein. Ich frag mich wirklich manchmal, was in der vor geht."

"Verstehe", sagte Sebastian. Seine Großmutter schwieg und strickte.

"Naja, wenn man solche Vertreter hat, wundert es mich natürlich nicht, dass der Benni und die anderen zu solchen Mitteln greifen. Ohne gutheißen zu wollen, was er da treibt. Ich finde das immer noch reichlich bescheuert. Egal. Ich geh mal nach Hintendraußen eine rauchen. Willst du mitkommen?", fragte Katrin.

Hintendraußen war die Bezeichnung des Grundstücks hinter dem Haus. Das Grundstück war so groß, dass Bernd und Katrin ein Gartenhaus auf dem Hang gebaut hatten. Von dem Gartenhaus aus hatte man einen noch besseren Blick auf Obergrundbach. Neben dem Gartenhaus, stand auf dem Grundstück zusätzliche eine Bude.

Die Bude war der Ort, an dem sich Sebastians Großvater im Sommer die meiste Zeit aufhielt. In der Bude gab es mehrere elektrische Sägen, auf denen das Holz zurecht gemacht wurde. Hier entstanden früher Stühle, Tische, kleine Schränke. In der Bude hingen Wimpel von Bayern München. Man war hier fast Oberfranken. Näher an Hof, als an Erfurt. Es roch nach Sägespäne. Als Benni drei Jahre alt war, musste er einmal hinter die Werkbank des gemeinsamen Großvaters kriechen und dessen frisch abgesägten Daumen hervorholen. Der Daumen konnte gerettet werden.

"Klar. Warum nicht?"

"Ihr Raucher. Macht nur! Ihr seht ja, was mit dem Opa ist. Fünfzig Jahre hat er geraucht und zahlt jetzt dafür die Zeche."

"Der Louis zahlt dafür schon seit dreißig Jahren die Zeche, Irmgard", erwiderte Katrin.

"Das wird dir auch noch so gehen!"

"Mutter…", sagte Katrin und rollte mit den Augen. "…dein Louis hat über Jahrzehnte drei Packungen pro Tag geraucht. Ich rauch vielleicht eine am Tag."

"Du wirst schon sehen. Komm dann nicht zu mir gerannt, wenn du es im Herzen hast! Ich bin dann schon lange unter der Erde!"

"Ach, Irmgard…"

Katrin stand auf und Sebastian ging ihr hinterher. Als die beiden Hintendraußen ankamen, kam ihnen der Hund entgegen. Er sprang an Katrin hoch und wedelte mit dem Schwanz. Sebastian schenkte er keine Beachtung. Zu dritt gingen sie den Hang nach oben. Im Gartenhaus brannte bereits Licht.

Als Kind kam Sebastian der Hang riesig vor; Bergähnlich. Jetzt war er doch recht überschaubar und bei weitem nicht so steil wie er ihn in Erinnerung hatte. Früher sind er und Benjamin den Hang immer mit dem Schlitten herunter gefahren, und die Fahrt kam den beiden endlos vor. Aus heutiger Sicht betrachtet kann die Fahrt von der Spitze bis zum Haus nicht länger als zwanzig Sekunden gedauert haben.

Im Gartenhaus war es warm. Zwei Elektro-Heizungen waren angeschlossen und versorgten den Raum gut mit Wärme. Katrin ging direkt zum Kühlschrank. Sebastian setzte sich an den Tisch neben dem Fenster, mit Blick hinunter ins Tal. Der Hund folgte ihm.

"Willst du ein Bier?"

"Ähm- klar."

Katrin holte zwei Bier heraus und stellte sie auf den Tisch hin. Dann setzte auch sie sich.

"Und du? Erzähl: Was macht das Leben in Berlin?"

"Passt schon."

"Naja, ein bisschen mehr Details bitte! Bist du noch mit der... wie hieß sie noch...?"

"Sophie? Nee, nicht mehr."

"Ach schade. Deine Mutter hat viel Gutes berichtet."

"Ich glaub, meine Mutter berichtet immer viel Gutes."

Katrin lachte laut auf.

"Das glaubst aber auch nur du! Wie hieß die, mit der du vorher zusammen warst?"

"Maike."

"An der hat deine Mutter kein gutes Haar gelassen gehabt."

"Ach was?"

"Jaja- konnte die nicht ausstehen."

"Komisch. Das hat sie mir nie erzählt."

"Naja, was soll sie da auch groß reinrutschen. Außerdem kennt deine Mutter ja das Problem, wenn sich die Eltern in die Partnerwahl einmischen."

"Inwiefern?"

"Naja, glaubst du deine Großmutter war sonderlich zufrieden, als deine Mutter diesen Sachsen mit nach Hause brachte?"

"Henri?"

"Wen denn sonst! So umtriebig war deine Mutter nun auch nicht."

"Wusst ich gar nicht."

"Jaja- ist so. Deine Großeltern hatten auch den Narren an deinem Vater gefressen gehabt, das kannst du aber wissen. Das war nicht nur für den Erhard und die Martha ein Schock."

"Und wieso haben die sich dann trotzdem miteinander verkracht gehabt?"

"Naja, als deine Mutter dann mit dir weggezogen war, haben der Erhard und die Martha halt auch kein gutes Haar an deiner Mutter gelassen. Das konnten deine Großeltern hier natürlich nicht auf sich sitzen lassen und haben ihrerseits angefangen schlecht über den Erhard und die Martha zu reden."

Sebastian schaute aus dem Fenster und zündete sich eine Zigarette an. Dann sagte er: "So eine Dorfscheisse aber auch."

"Das kannst du laut sagen. Aber so ist es hier nunmal. In jedem Fall hoffe ich, dass es deinem Großvater jetzt besser geht. Der hatte wirklich kein leichtes Leben gehabt."

"Sicherlich nicht."

Auch Katrin steckte sich eine Zigarette an.

"Und wie isses bei dir auf der Arbeit?", fragte Sebastian nach ein paar Sekunden Stille.

Katrin arbeitete bei der AOK als Leiterin der Sachbearbeiter.

"Ach - hör mich auf!"

"Nicht gut?"

"Scheisse ist's momentan."

"Wieso?"

"Naja, wir sind chronisch unterbesetzt. Und wenn wir Geld für einen neuen Mitarbeiter bekommen, dann für Azubis, denen wir erst alles beibringen müssen. Das kostet uns halt in den ersten Jahren enorm viel Zeit und wir kommen zu noch weniger."

"Scheisse."

"Ja, alles scheisse. Und dazu kommt, dass wir immer mehr Fälle haben, die einfach zum Kotzen sind."

"Was für Fälle?"

"Naja, junge Menschen, die einfach Assis sind, nicht arbeiten wollen und von uns die ganze Zeit irgendwelche Sonderleistungen beantragen. Besonders die Ausländer darunter nerven."

Sebastian blieb der Rauch kurz in der Lunge hängen und er musste husten.

"Bitte?", fragte er leicht entsetzt.

"Jaja- ich weiß schon, dass man sowas in euren Kreisen nicht sagt, aber du musst mal bei mir auf der Arbeit vorbeischauen. Ich muss reihenweise Anfragen von alten Leute auf Zuschüsse ablehnen, woraufhin die nicht die beste Behandlung bekommen können, während die Ausländer bei uns reinkommen und sich alles bezahlen lassen können. Die meisten sind dann noch werweißwie arrogant dabei. Nicht zum aushalten ist das!"

"Ja, aber du kannst doch deswegen nicht generalisieren. Ich mein, wenn Menschen arrogant sind, dann sind sie halt so. Das hat noch nichts damit zu tun, ob sie Deutsche sind oder Ausländer."

"Jaja, das mag schon sein, Sebastian. Aber bei uns ist es halt so. Bei uns verhalten die sich alle ganz beschissen. Und wir müssen denen dann noch alles hinterhertragen, weil die kein Deutsch können. Wenn ich in ein anderes Land ziehen würde, wäre das erste - noch bevor ich ankomme! - dass ich die Sprache kann. Ich hab einen - einen Marokkaner - der kommt seit zwei Jahren alle paar Wochen zu uns. Denkst du, der kann einen richtigen deutschen Satz sagen? Keine Chance."

"Es dauert halt bis man sich in einer neuen Umgebung integriert hat."

"Ach, Sebastian - es dauert keine zwei Jahre mal ein bisschen Deutsch zu lernen. Aber gut: Ihr Hauptstädter seht das ja eh anders."

Sebastian und Katrin zündeten sich noch eine Zigarette an und tranken ihr Bier. Nach ein paar Minuten klopfte es an der Tür. Es war Bernd. Als er das Gartenhaus betreten hatte, fragte Katrin: "Kommst du jetzt erst von der Hütte?"

"Aber sicher doch! Ich werd doch mal meinen Sohn beistehen dürfen."

"So ein Quatsch. Mit den anderen besoffen hast du dich."

"Ihr trinkt doch auch!"

"Jaja. Gibt's wenigstens was Neues?"

"Naja, nach der Ansprache vom Huberts bleiben die Jungs natürlich jetzt erst recht drin. Die Margarete hat den allen ein paar ordentliche Brote gemacht und der Waldmann hat sogar ein paar Kästen Bier an die Jungs liefern lassen."

"Dass der Huberts nicht die Eingänge bewachen lässt…"

"Ach, da stellt sich doch keiner hin! Wer ist denn auf den seiner Seite? Das ist doch mittlerweile in allen Nachrichten. Da muss der schon ne Sicherheitsfirma aus Köln beauftragen. Hier aus der Gegend wird keiner für den irgendwas bewachen."

"Nee, vermutlich nicht."

"Apropos Nachrichten: Es geht wohl das Gerücht, dass Kamerateams auf dem Weg hierher zu uns sind. Pro7, RTL, ARD, allesamt."

"Ach was?", sagte Sebastian.

"Hab ich nur gehört. Ob's stimmt, weiß ich nicht."

Bernd holte sich ebenfalls ein Bier aus dem Kühlschrank, dann setzte er sich an den Tisch und klopfte Sebastian auf den Rücken.

"Schön, dass du mal da bist, Großer. Auch wenn es nicht unbedingt der beste Anlass ist."

"Nee, der beste ist es nicht. Aber ich freu mich auch."

Die drei tranken jeder noch ein Bier und redeten. Gegen zehn wurden Katrin und Bernd müde und die beiden verabschiedeten sich. In der Stille bemerkte Sebastian die vielen Hundehaare, die in dem Raum herumlagen und er spürte einen leichten Druck auf der Lunge. Die Allergie war wieder da. Er holte sein Asthmaspray aus der Hosentasche und nahm zwei Hübe. Danach trank er noch ein Bier und zündete sich noch eine Zigarette an. Irgendwann ging auch er den Hang hinunter und zurück ins Haus.

Als er im Gästezimmer ankam, stellte er sich ans Fenster und schaute nach draußen. Der Schnee war zurück und blieb auf dem Fensterbrett liegen. Er musste an Benni denken und fragte sich, was er gerade in der Hütte trieb. Sebastian holte sein iPhone aus der Hosentasche und schrieb:

Viel Erfolg noch, mein Bester! Hoffe euch geht's unten gut. LG, Basti.

Sieben

Aktivitäten von Sebastian und Benjamin, als sie im selben Haus lebten:

Im Winter: Das bauen von Iglus im Garten; groß genug, dass die beiden zur selben Zeit hineinpassten. Wenn sie von einem Iglu genug hatten, nahmen sie den Schlitten, gingen den Hang hinauf und fuhren in das Iglu hinein.

Im Frühling und Sommer: gingen die beiden mit dem Großvater und Benjamins Vater in den Wald, um Holz zu holen. Benutzt wurde hierfür der Traktor des Großvaters, der eigentlich eine alte BMW 700 mit Anhänger war. Benjamin gefiel das Holzholen und das darauf folgende kleinhacken der Baumteile in Scheite. Sebastian eher nicht. Am meisten störte Sebastian: Der Baumharz an seinen Fingern.

Im Herbst: Auf's Feld, Stroh machen für die Tiere. Zusätzlich im Garten das letzte Obst und Gemüse ernten.

Zu jeder Jahreszeit: Wenn die beiden nicht draußen waren, schauten sie fern. Es lief unter der Woche: Pete und Pete, Die Rufrats, Rockt's Modernes Leben, Biker Mice from Mars (später Dragon Ball), Die Simpsons. Samstagmorgen zusätzlich: X-Men, Spider-Man, Iron-Man, Hulk. Beim schauen, lagen die beiden auf der Couch und spielten mit ihren Gameboys. Während Sebastian die First Party-Nintendo-Titel bevorzugte - Mario, Donkey Kong, Zelda -, spielte Benjamin lieber Paperboy oder Turrican.

Sebastians Wecker klingelte um 9:00 Uhr und obwohl er auch am Vortag nicht wenig getrunken hatte, so fühlte er sich recht erholt und ausgeschlafen. Er machte die Mittelgebirgsluft dafür verantwortlich. Wie an den meisten Tagen, wachte er mit einem erigierten Penis auf, aber hatte diesmal keinerlei Probleme mit der Masturbation. Er dachte dabei an das Mädchen aus dem Soho, oder zumindest einer idealisierten Version von ihr. Als er gekommen war, stand er auf und nahm eine lange Dusche. Danach packte er seinen Anzug und das Hemd, das noch im Gästezimmer herumlag, in den Sack und zog wieder die Jeans und das Flanellhemd vom Vorabend an. Das Hemd roch nach Rauch.

Er ging in die Küche und sah wie seine Großmutter wieder am Fenster stand und hinunter auf die Hütte schaute.

"Sebastian, du glaubst nicht was da los ist."

"Guten Morgen. Was ist denn?", fragte er, während er sich eine Kaffeetasse aus dem Schrank holte.

"Das musst du dir selber anschauen."

Sebastian schenkte sich eine Tasse ein, dann ging er hinüber zum Fenster. Auch ohne Fernglas konnte man erkennen, dass noch einmal beträchtlich mehr los war als am Tag zuvor. Er nahm einen Schluck von dem Kaffee, dann das Fernglas und schaute hinein. Auf dem Platz vor der Hütte standen ungefähr zwanzig Kleintransporter; Kameras waren aufgebaut und Journalisten schienen die Streikenden vor der Hütte zu interviewen. Menschen hielten Transparente nach oben, um den Jungs, die das Werk besetzt hielten, ihre Solidarität auszusprechen. Im Himmel über der Hütte konnte man sogar einen Helikopter kreisen sehen.

"Fuck! Wann ist das denn da passiert?"

"Den ganzen Morgen über sind es immer mehr geworden. Kommt mir auch nicht so vor, als würde es bald aufhören. Die Wagen stauen sich schon bis vor zur Hauptstrasse."

"Abgefahren."

Sebastian legte das Fernglas wieder aufs Fensterbrett und ging zum Kühlschrank, um sich Frühstück zu machen.

"Hast du schon was vom Benni gehört?", fragte Sebastians Großmutter.

"Nee. Ich hab ihn gestern Abend eine Nachricht geschickt, aber da hat er nicht drauf geantwortet. Scheint als wäre er beschäftigt. Du?"

"Ach, ich doch nicht! Der Benni schreibt mir doch nicht. Und die Katrin ist auf der Arbeit, die kann ich auch nicht fragen."

"Geh doch selber mal runter zur Hütte und schau's dir an."

"Nee, ich muss noch Sachen für deinen Opa zusammensuchen."

"Fährst du heute wieder ins Krankenhaus?"

"Wenn dein lieber Onkel nicht zu beschäftigt ist."

"Naja, dann kann dir der Bernd ja später das Neueste berichten."

"Vermutlich. Wann gehst du zum Haus von deinem Erhard?"

"Erwin holt mich um elf ab."

"Der Erwin ist ein Guter. War er immer schon."

"War mein Großvater bestimmt auch."

Sebastians Großmutter erwiderte nichts und nahm sich wieder ihr Strickzeug.

"Was strickst du da eigentlich?"

"Nen Pullover für deinen Großvater."

"Da wird er sich aber freuen."

"Ach - freuen! Der wird nicken, wenn ich ihn sag, dass er ihn anziehen soll. Mehr nicht."

Sebastian machte sich zwei Käsebrote und aß dazu ein paar saure Gurken, die seine Großmutter selbst eingelegt hatte. Als er aufgegessen hatte, schenkte er sich eine weitere Tasse Kaffee ein und ging dann nach Hintendraußen, um eine Zigarette zu rauchen. Als er aus der Tür raus war, kam der Hund angerannt, doch als er Sebastian sah, hörte er auf zu hecheln und ging langsamer. Er kam zu Sebastian herüber und beschnupperte ihn. Sebastian fuhr ihm sacht mit der Hand über den Kopf. Danach ging der Hund weg. Sebastian lief hinüber zum Stall mit den Hasen, öffnete die Tür und schaute kurz hinein. Drinnen war es warm und es roch nach Tier. Auch hier waren Elektro-Heizer aufgebaut. Die meisten Hasen schliefen und ihre Bäuche bewegten sich dabei auf und ab. Ein Hase hatte die Augen geöffnet, schaute aber nicht zu Sebastian herüber. Wahrscheinlich hatte das Tier Angst. Sebastian schloss die Tür wieder und lies die Hasen in Ruhe. Dann ging er hinunter zum Gartentor und zündete sich die Zigarette an.

Der Hubschrauber, den Sebastian schon von der Küche aus gesehen hatte, flog nun über das Dorf. Sebastian versuchte zu erkennen, ob es sich um einen Polizeihubschrauber oder vielleicht einen Hubschrauber von der Presse (gab es überhaupt noch Pressehubschrauber?, fragte er sich) handelte, konnte es aber ohne Brille nicht erkennen. Er nahm einen kräftigen Schluck von dem Kaffee. Als die Tasse fast alle war und er schon wieder ins Haus gehen wollte, sah er Bernd den Hang zum Haus herauf kommen.

"Na, du Langschläfer!", rief er Sebastian entgegen.

"So lang hab ich gar nicht geschlafen."

"Aber den ganzen Spass schon verpasst."

"Was ist denn da unten los?"

"Wie ich gestern Abend schon meinte: Ein Haufen deutsche Medienheinis sind gekommen. Ein paar Russen sind auch dabei."

"Is nicht wahr!"

"Doch, doch - wenn ich's dir sag!"

"Und was wollen die alle hier?"

"Na, was wohl? Von der Besetzung berichten, natürlich! Der Benni ist schon in allen Schlagzeilen."

"Abgefahren."

"Das kannst du aber laut sagen. Sogar mich wollten sie interviewen, aber ich hab abgewunken. Ich hätt mich ja nur wieder zum Clown gemacht!"

"Quatsch."

"Nein, nein- ist so! Aber weißt du, wer sowas gut konnte? Dein Vater. Was der immer alle um den Finger quasseln konnte. Unglaublich!"

"Ach ja?"

"Jaja. Und wie sieht's bei dir heute aus? Großes Klarschiffmachen im Haus vom Erhard?"

"Ja, geht gleich los."

"Na dann will ich dich nicht aufhalten. Ich werd jetzt auch erstmal mit deiner Oma nach Suhl ins Krankenhaus fahren."

"Sag dem Opa liebe Grüße."

"Richt ich ihm aus. Mal sehen, wie's ihm heute geht."

Bernd ging ins Haus und Sebastian ging ihm hinterher. Während Bernd im Erdgeschoss seine und Katrins Küche betrat, ging

Sebastian die Treppen nach oben, zur Küche seiner Großmutter. Er wusch die Tasse ab, dann holte er seinen Rucksack und ging wieder nach draußen. Als er unten an der Strasse ankam, kam auch schon Erwin. Erwin gab Lichthupe, Sebastian winkte. Als Erwin neben Sebastian gehalten hatte, stieg Sebastian ein.

"Mein lieber Scholli! Hast du gesehen, was vor der Hütte los ist?"

"Ja, mit dem Fernglas."

"Sowas hab ich ja in meinem Leben noch nicht gesehen. Ich bin kaum vorbeigekommen, soviel Autos standen da rum. Und auch alle möglichen Kennzeichen. Da stehen Erfurter rum und Jenaer, sogar Berliner und Münchner hab ich gesehen."

"Das ist verrückt."

"Da hat dein Benni aber ordentlich was losgetreten."

"Sieht ganz so aus. Und wie geht's dir?"

"Schlechten Menschen geht es doch immer gut. Bist du bereit?"

"Bereit."

"Na dann mal los."

Die beiden fuhren über den Mittelbergsweg, einer kleinen Seitenstrasse, aus dem Dorf heraus, um nicht an der Hütte vorbei zu müssen. Etliche Autos kamen den beiden entgegen, um sich das Schauspiel an der Hütte anzusehen. Erst jetzt fiel Sebastian auf, dass an Erwins Rückspiegel ein Traumfänger hing, an dem eine braune, lange Feder angebracht war. Sebastian dachte kurz daran, nach der Feder zu greifen, ließ es dann aber doch bleiben.

Es war ein sonniger Wintertag. Nur wenige Wolken waren am Himmel zu sehen. Im Autoradio wieder: Antenne Thüringen.

Großer Zulauf vor dem Obergrundbacher Glaswerk. Nachdem am Vortag die Besetzung des Werks von dem Streikführer angekündigt wurde, strömen mehr und mehr Menschen zu dem Werk, um den Mitarbeitern ihre Solidarität zuzusprechen. Einer von ihnen sprach mit Antenne Thüringen: "Ich bin aus Schmalkalden hier um die Jungs Mut zu machen! Ich find das gut, dass die hier das Ding besetzen und zeigen, dass man nicht alles mit den Arbeitern machen kann. Weiter so!"

Als Sebastian und Erwin beim Haus von Sebastians Großvater ankamen, waren bei allen Fenstern die Rollläden herunter gelassen. Erwin parkte seinen Mazda hinter dem BMW X5 von Sebastians Großvater, und die beiden stiegen aus.

"Da wären wir", sagte Erwin.

Sebastian überkam ein seltsames Gefühl. Das letzte Mal, als er hier war, waren beiden Großeltern noch am Leben. Nun waren sie tot. Zwischen den beiden Besuchen lagen gerade fünf Jahre.

Die beiden betraten das Haus durch die Hintertür. Erwin ging als erster hinein und schaltete das Licht an. Sebastian ging ihm hinterher. Im Haus roch es süßlich. Die Luft war schwer. Staub hatte sich abgelagert. Aktenordner standen im Flur herum und ungeöffnete Briefe türmten sich auf den Schränken.

"Hier sieht es ein wenig unordentlich aus."

"Ein wenig ist gut."

"Seit es deiner Oma schlechter ging, hat sich dein Großvater hauptsächlich um sie gekümmert und den Haushalt vernachlässigt."

"Offensichtlich."

Die beiden gingen zunächst in die Küche im Erdgeschoss. Früher hatte auf dieser Etage Sebastians Urgroßmutter gelebt, jetzt stand ein Bett mitten in der Küche.

"Deine Oma konnte zum Schluss nicht mehr so gut Treppensteigen. Zuerst hatten sie den Treppenlift bauen lassen, aber nach einem Jahr war selbst das deiner Großmutter zu anstrengend, also hat dein Großvater ein Bett für die beiden hier unten reingestellt."

"Aber wieso in der Küche und nicht im Wohnzimmer von der Uroma?"

"Schau dir das Wohnzimmer doch mal an!"

Sebastian ging hinüber. Auch hier lagen überall Aktenordner herum. Wo vor fünf Jahren noch ein Couchtisch stand, stand nun ein Schreibtisch auf denen sich Kisten voller Unterlagen stapelten.

"Warum stehen denn hier überall so viele Aktenordner rum? Ich hab in meinem Leben ja noch nicht so viel Papierkram gesehen."

"Ja, Sebastian…", seufzte Erwin. "Dein Opa hat irgendwann den Überblick darüber verloren, was wichtig ist und was nicht, und angefangen alles zu sammeln. Ich hab in ein paar der Ordner reingesehen und manche davon waren voll mit Werbung vom Marktkauf in Saalfeld."

Sebastian spürte einen Druck in seiner Brust und hatte große Lust sich eine Zigarette anzuzünden. Wäre Erwin nicht da gewesen, hätte er es auch gemacht. Sebastian ging zurück in die Küche. Erwin hatte hier mittlerweile die Rollläden hochgefahren.

"Ich hab hier am Tag nach seinem Tod schon ein wenig sauber gemacht", Erwin zeigte auf das Geschirr, dass sich im Spülbecken stapelte. "War alles dreckig, als ich reinkam."

Dann zeigte er auf die vollen Papiersäcke, die neben dem Kühlschrank standen.

"Hier hab ich schonmal alles eingeschmissen an Papier, was definitiv Müll war. Wie gesagt: Das meiste Werbung."

"Dank dir."

Sebastian ging hinüber zum Kühlschrank und schaute sich die Magneten an, die daran klebten. Die meisten waren von Reisen, die seine Großeltern wohl irgendwann einmal unternommen hatten: Schloss Neuschwanstein, Rügen, Hofbräuhaus München. Aber auch Magneten von Verdi und der SPD und BMW, und natürlich des Schaubergwerks Morassina in Schmiedefeld. Sebastian nahm den Magnet der Ferngrotten ab und steckte ihn in seine Tasche. Erwin war derweil nach oben in die erste Etage gegangen; die Etage, in der Sebastians Großeltern den größten Teil ihres Lebens verbracht hatten. Hier hatten sie ihre Küche, ihr Wohnzimmer und ihr Schlafzimmer. Das Zimmer von Sebastians Vater war auf dem Dachboden gewesen. Sebastian ging auch nach oben.

Im ersten Stock sah es nicht viel anders aus: Wieder Briefe über Briefe und Aktenorder über Aktenordner. Nur in der Küche sah es diesmal sauberer aus. Das Geschirr war gespült und in den Schränken, die Tische und Ablagen leer.

"Hier waren deine Großeltern kaum mehr. Die haben alles unten erledigt gehabt."

"Ah ja?"

"Soll ich uns einen Kaffee machen?", fragte Erwin.

"Gute Idee", erwiderte Sebastian. "Du, ich glaub, ich zünd mir mal ne Zigarette an."

"Mach ruhig. Ist ja jetzt alles deins. Aber wenn wir schon dabei sind: Jetzt wäre mal ein guter Augenblick über das alles hier zu sprechen."

"Ja, vielleicht…"

Sebastian kippte das Fenster an, nahm sich einen Teller aus dem Schrank und setzte sich an den Küchentisch. Danach holte er eine Zigarette aus der Packung und zündete diese an. Nachdem Erwin Wasser in die Maschine getan hatte, setzte er sich zu ihm.

"Mein Guter, ich hab dir ja erzählt, dass wir das Geld für die Beerdigung von deinem Großvater hatten."

"Ja, korrekt."

"Das Geld hatten wir aber nur, weil dein Großvater seit vielen Jahren immer zum ersten des Monats auf die Bank gefahren ist und das Konto leergeräumt hat."

"Ähm.. okay?"

"Es ist nämlich so, dass dein Großvater hoch verschuldet war."

"Bitte?"

"Kannst du dich an die Baufirma erinnern, die dein Großvater mit seinem Bruder hatte?"

Sebastian konnte sich erinnern. Seine Mutter hatte ihm vor Jahren einmal erzählt gehabt, dass es der Firma wohl am Ende nicht mehr so gut ging und für diese kurz nach der Jahrtausendwende die Insolvenz angemeldet wurde. Sebastian war damals allerdings zu jung gewesen, um sich wirklich dafür zu interessieren.

"Ja, der ging es wohl nicht so gut."

"Nun- das ist mal ne dezente Untertreibung. Die Firma hatte einige Aufträge in den Sand gesetzt und massive Schulden. Da das aber eine GbR war, waren dein Großvater und sein Bruder privat haftbar, haben aber nie eine Privatinsolvenz angemeldet."

"Bitte? Warum das denn nicht?"

"Da fragst du den Falschen. Richtig steck ich da auch nicht drin. Stolz vielleicht? Ich kann es dir nicht sagen. Auf jeden Fall hatten beide bis zu ihrem Tod mehrere hunderttausend Euro Schulden."

"Ach du Scheisse."

"Wie hoch die Schulden allerdings genau sind, kann ich dir leider nicht sagen. Und wie du siehst: Mit all den Papierkram hier, wird es immens schwer werden herauszufinden, um wie viel es sich genau handelt."

"Fuck", sagte Sebastian und drückte seine Zigarette aus. Der Kaffee war mittlerweile durch. Erwin brachte die Kanne an den Tisch und schenkte den beiden jeweils eine Tasse ein.

78

"Und was machen wir jetzt?"

"Das kannst leider nur du entscheiden. Hast du schon einen Termin mit dem Anwalt, wegen des Erbes?"

"Ja, am Dienstag."

"Naja, dann musst du dir bis dahin überlegen, ob du das Erbe antreten willst, oder nicht. Ich sag dir nur eins: Das Haus und der Wagen werden vermutlich nicht ausreichen, um die Schulden abzuzahlen."

Sebastian nahm einen Schluck vom Kaffee und dann noch einen. Danach zündete er sich eine weitere Zigarette an. Er hatte nicht damit gerechnet, mit einem großen Erbe bedacht zu werden, aber mit einem Berg Schulden ebenfalls nicht.

"Hab ich nur bis Dienstag Zeit um mich zu entscheiden?"

"Genau weiß ich das auch nicht. Aber selbst wenn du ein halbes Jahr Zeit hättest, wird wohl auch das nicht reichen, um dich durch alle Ordner und Briefe hier durchzuarbeiten. Es sei denn du machst es Vollzeit."

"Das wohl eher nicht. Ich hab ja selber eine Firma, um die ich mich kümmern muss."

"Eben."

"Scheissdreck, aber auch."

"Deinen Opa tut es auch leid. Glaub mir."

"Aber warum hat er mir nie gesagt, dass er so überfordert ist? Er hatte doch meine Nummer!"

"Vielleicht aus Stolz. Oder er wollte dich nicht mit seinen Problemen belästigen. Wahrscheinlich beides."

Sebastian stand auf, ging hinüber ins Wohnzimmer auf der ersten Etage und stellte sich ans Fenster. Die weißen Felder streckten sich bis zu den dichten Wäldern in der Ferne. Im Jahr 2006 ist hier knapp ein Tornado vorbeigezogen, der nur wenige Kilometer weiter ein riesiges Stück Wald auseinander genommen hatte. Als sich Sebastian den Tornado ausmalte, wie er über den Thüringer Wald fetzte, kamen ihm die Tränen. Erst eine, dann noch eine. Er rauchte die Zigarette auf und drückte sie an einem alten Epson-Drucker aus. Dann wischte er die Tränen ab und ging wieder hinüber in die Küche.

"Danke, für die Informationen, Erwin."

"Aber sicher doch, mein Lieber. Willst du noch einen Kaffee?"

"Klar."

Sebastian ging hinüber zum Tisch und schenkte sich noch eine Tasse ein.

"Was machst du denn am Wochenende?"

"Ich bin zuhause. Wenn du mich brauchst, musst du nur Bescheid sagen."

"Super. Danke dir! Ich werd mir heute Abend und morgen mal was überlegen."

"Mach das. Willst du noch eine Weile hierbleiben oder soll ich dich wieder nach Obergrundbach fahren?"

"Ich werd noch eine Weile hierbleiben. Danke. Vielleicht lauf ich einfach später rüber."

Erwin schaute aus dem Fenster.

"Naja, heute ist ja recht gutes Wetter. Da kann man das schonmal machen. Aber anderthalb Stunden wirst du schon brauchen."

"Das ist okay."

"Gut. Na dann werd ich mal wieder fahren. Ruf an, wenn du was brauchst."

Sebastian umarmte Erwin zu Abschied und ging mit ihm nach unten zu dessen Wagen. Als Erwin losfuhr, winkte Sebastian ihm kurz hinterher, dann ging er wieder nach drinnen und schloss die Tür hinter sich zu. Er war allein und das Haus war still.

```
Strategie von Großfirmen, deren Kernprodukt an Marktan-
teil verliert: Produkt-Portfolio wird differenziert. Dies
geschieht meist durch Akquisition von kleineren erfolgrei-
chen Unternehmen (Konsolidierung). In Würde Sterben ist
Großfirmen untersagt.
```

Sebastian ging wieder nach oben ins Wohnzimmer, setzte sich auf den freien Flecken auf der Couch und legte seine Füße auf den Stapel von Aktenordnern vor ihn. Eine Weile lang starrte er nur die Berge von Papier an. Doch dann fiel sein Blick auf die Vitrine hinter einem Stapel Briefe. Es waren Flaschen mit hochprozentigen darin zu erkennen. Er stand auf, räumte die Briefe zur Seite und öffnete die Vitrine. Es gab eine halbvolle Flasche Becherovka, eine fast leere Flasche Jägermeister, eine angefangene Flasche Stroh 80 und eine versiegelte, billige Flasche Korn. Ohne auf das Verfallsdatum zu schauen, öffnete Sebastian die Flasche Korn und nahm einen großen Schluck. Dann ging er in die Küche, nahm sich ein Glas aus dem Schrank und schüttete dieses voll. Er ging zurück ins Wohnzimmer. Es dauerte nicht lang und er fühlte, wie der Alkohol anfing ihn zu beruhigen. Unter einem weiteren Stapel Aktenordner sah er eine Anlage der Firma AIWA stehen. Er schaltete diese an und drehte sie um, um sich die Verkabelung anzuschauen. Er hatte Glück: Ein kleines Klinkenkabel hing herunter. Er steckte es in den Kopfhörereingang seines iPhones, stellte auf AUX und wählte das Rennsteiglied in der Version von Herbert Roth mit seiner Instrumentalgruppe, welches er sich vor seiner Abreise noch auf iTunes gekauft hatte, aus. Sebastian drehte die Anlage so laut auf, wie er konnte und fing an mitzusingen: *Diesen Weg auf der Höh sind wir oft gegangen, Vöglein sangen Lieder...*

> Das Rennsteiglied. Geschrieben von Karl Müller (Text) und Herbert Roth. Uraufgeführt am 14.04.1951 im damaligen Gemeindesaal und heutigem Hotel "Zum Goldenen Hirsch" in Hirschbach bei Suhl.

Sebastian trank die Flasche Korn bis zur Hälfte und hörte dabei die Kinks. Dazu machte er das letzte bisschen Kokain alle, das er noch in seinem Geldbeutel hatte. Als This Time Tomorrow kam, musste er das erste Mal kotzen. Er ging dazu in die Küche und entleerte sich im Spülbecken. Danach trank er weiter, bis die Flasche alle war und die Packung Gauloises auch. Zum Glück hatte er noch eine Packung American Spirit-Tabak im Rucksack, also drehte er sich Zigaretten und trank dazu den Becherovka, bis er ein zweites Mal kotzen musste. Diesmal direkt ins Wohnzimmer. Er rauchte noch drei Zigaretten, dann schlief er neben den Aktenordnern ein. Es war gerade einmal 16 Uhr.

Acht

Die Seed-Runde wurde im Jahr zuvor notariell bei Taylor Wessing am Potsdamer Platz beglaubigt. Es war Anfang Juli. Man saß zur Beglaubigung auf der Terrasse. Es gab Kaffee, Wasser, Cola und Zigaretten. Sebastian und Erik waren aufgeregt, die Investoren (und baldigen Gesellschafter) nicht.

"…der Notar bescheinigt gemäß § 21 BNotO aufgrund seiner Einsicht in das elektronische Handelsregister des Amtsgerichts Charlottenburg, dass der Erschienene zu 1. Geschäftsführer und als solcher berechtigt ist, diese allein und unter Befreiung von den Beschränkungen des § 181 BGB…"

Sebastian und Erik lasen als einzige die ganze Zeit mit. Gelegentlich wurde gescherzt. Alle Anwesenden trugen Sonnenbrillen.

"…die Kapitalerhöhung erfolgt durch Ausgabe von 12.938 (in Worten: zwölftausendneunhundertachtunddreißig) neuen Geschäftsanteilen im Nennbetrag von jeweils EUR 20,00 (in Worten: Euro zwanzig) mit den lfd. Nrn. 25.001 bis 37.938 (im Folgenden zusammen „Neue Geschäftsanteile" genannt)…"

Als der Notar durch war, teilte die Assistenz Kugelschreiber aus. Nachdem jeder unterzeichnet hatte, steckten alle Anwesenden den Kugelschreiber ein.

Auf der Terrasse wurde angestoßen mit Moet. Danach ging es weiter in Johanns Wohnung. Johanns Wohnung: 220qm, 3 Zimmer, Wohnküche, 80qm Dachterrasse, 750k€. Die Wohnung befand sich in der Nähe des Ostkreuzes. Um das Ostkreuz herum fand leichte Gentrifizierung statt. Rechtfertigung von Gentrifizierung: Rückgang von Kriminalfälle und Wachstum von Geschäftsaktivitäten.

"In London", sagte Johann, "hätte ich mir so eine Wohnung nicht leisten können."

Auf der Fahrt dorthin fragte Helber: "Wie findet ihr eigentlich Ayn Rand?"

Als Sebastian wieder zu sich kam, wollte er nur noch weg. Raus aus dem Haus seiner Großeltern, raus aus der Region, zurück nach Berlin. Er wollte im Dussmann Bücher kaufen, in der Galeries Lafayette etwas essen. Er wollte bei Erik kochen, Speed nehmen und danach ins Sisyphos. Er wollte am nächsten Tag bei Lieferheld Curry bestellen und auf seinem Balkon einen Joint rauchen. Alles, nur nicht hier sein. Auch auf den Termin beim Anwalt wollte er scheissen. Was sollte er noch dort? Er würde das Erbe ja eh nicht antreten. Sollten sie ihm doch schreiben, wenn sie was wollten. Sebastian hatte sich um seine Zukunft zu kümmern und die Zukunft seiner Firma. Es war nicht so, dass er seinem Großvater böse war, oder sich selbst böse war, dass er sich nicht um ihn gekümmert hatte. Er wollte nur mit alledem nichts zu tun haben. Er wollte verschwinden.

Sebastian taumelte hinüber zur Anlage und schaute auf sein iPhone: Es war aus, die Batterie war leer. Er war sich sicher, dass er sein Ladekabel nicht dabei, sondern bei seinen Großeltern in Obergrundbach hatte. Er ging in die Küche, um an der Wanduhr zu schauen, wie spät es war, aber diese zeigte Punkt Zwölf an. Draußen dämmerte es, es konnte nicht zwölf sein. Er ging zum Kotzfleck im Wohnzimmer. Dieser war bereits getrocknet. Es musste sich um die Morgendämmerung handeln. Sebastian hatte einen fürchterlichen Geschmack im Mund, den er unbedingt loswerden musste, also ging er hinüber ins Badezimmer. Hier stapelten sich verschiedensten Kosmetika, aber Zahnpasta konnte er nirgends sehen, auch keine Zahnbürste. Er ging zum Waschbecken und wusch sich seinen Mund mit Wasser aus. Das musste erst einmal reichen. Er verließ das Haus, ohne die Rollläden herunter zu fahren oder den von ihm verursachten Dreck sauberzumachen.

Sebastian war kalt und sein Kopf tat ihm weh. Mit jedem Schritt den er tat, fühlte er einen pulsierenden Schmerz an den Schläfen. Er vergrub seine Hände so tief er konnte in den Taschen seines Dufflecoats. Als er an der Kirche vorbeikam, schaute er nicht hinauf, wenn

Wagen an ihm vorbeifuhren, schaute er auf den Boden. Er lief durch Schmiedefeld und als er den Ort verlassen hatte, lief er weiter die Hauptstrasse entlang bis zur Esso-Tankstelle. Dort kaufte er:

```
-eine Flasche Coca-Cola (1L)
-eine Packung Airwaves
-eine Packung Gauloises Blau
-einen Kaffee zum Mitnehmen
-ein Snickers
-ein Matchbox-Auto (1985 Toyota 4Runner)
```

An der Kasse stand eine Frau in ihren späten Fünfzigern. Sebastian versuchte seinen Mund nicht zu weit zu öffnen, um der Frau den Gestank, der daraus kommen musste, zu ersparen. Am liebsten hätte er das Wechselgeld gar nicht zurück haben wollen, um nicht Gefahr zu laufen, sich für die Ausgabe bedanken zu müssen, aber das hätte bedeutet, dass er "passt so" hätte sagen müssen, was auch eine Mundöffnung seinerseits bedeutet hätte. Was auch immer. Die Verkäuferin lächelte ihm zu, als sie ihm die 6,35€ zurück gab.

Sebastian hatte den Kaffee fast ausgetrunken, als er am Ortseingangsschild von Obergrundbach ankam. Er zündete sich eine Zigarette an, blieb stehen und schaute sich um: Autos stauten sich von der Hütte bis zu ihm. Alle möglichen Nummernschilder waren zu sehen: Jena, Berlin, München, Dortmund, Köln, Hamburg, Schmalkalden. Alle Wagen waren verlassen. Sebastian hatte keine Lust sich das Schauspiel bei der Hütte anzusehen, sondern ging direkt zum Haus seiner Großeltern. Als er die Strasse hinauf kam, sah er schon die Kamerateams, die sich neben dem Haus von Benni aufgebaut hatten. Als Sebastian am Haus vorbei kam, kam ein Reporter auf ihn zu und fragte: "Entschuldigung, kennen Sie Benni Lichte?"

"Ja", antworte Sebastian, wusste jedoch sofort, dass es keine gute Entscheidung war dem Mann zu antworten; schon gar nicht mit Ja.

"Wie stehen Sie zur Ankündigung von heute Morgen?", fragte der Reporter.

"Sorry, ich kenn diese Ankündigung leider nicht."

"Wie stehen Sie zu der Aktion der Besetzer?"

"Keine Ahnung. Ich bin nur auf der Durchreise."

Sebastian ging weiter. Er hörte den Reporter etwas zu seinem Kameramann sagen. Was genau verstand er allerdings nicht.

Auch vor dem Haus seiner Großmutter war ein Kamerateam aufgebaut. Als auch hier ein Reporter auf Sebastian zukam, winkte er ab und ging den Hof hinauf nach oben zur Tür der Waschküche. Diese war verschlossen. Er ging ums Haus herum und sprang über den Zaun. In dem Moment als seine Füße den Boden berührten, hörte er den Hund heran rennen und laut bellen. Als dieser Sebastian sah, hörte er allerdings sofort mit dem Bellen auf. Er kam langsam an Sebastian heran und leckte ihm die Hände. Sebastian fuhr ihm abermals über den Kopf.

"Ein Theater wird hier gemacht, was Tobi?"

Sebastian ging zum Hintereingang und hinein ins Haus. Kurz überlegte er in die Küche zu gehen, aber seinen momentanen Anblick und Geruch wollte er seiner Großmutter nicht zumuten, also ging er ins Bad, duschte und putzte sich die Zähne. Danach machte er zweimal eine Mundspülung mit dem Mundwasser seines Großvaters. Sein Mund brannte fürchterlich, da er von den ganzen Zigaretten und Schnaps ordentlich gereizt war. Als er damit fertig war, ging er ins Gästezimmer und zog sich wieder seinen Anzug an. Danach packte er seine Sachen zusammen, um so schnell wie möglich wegzukommen. Sebastian fragte sich, wieviel wohl ein Taxi von dem Haus seiner Großeltern nach Saalfeld Bahnhof kosten würde? 50€? 80€? Viel mehr würde es sicher nicht sein. Er steckte sein iPhone an das Ladegerät, dann ging er hinüber in die Küche. Zu seiner Überraschung war diese leer. Seine Großmutter war nirgends zu sehen oder zu hören. Auch auf dem Herd stand diesmal kein Essen.

Sebastian öffnete den Kühlschrank, holte den Käse und Aufstrich heraus, und machte sich ein paar Brote. Dann setzte er Wasser auf, in das er sich etwas Gemüsebrühe geben wollte. Während das Wasser kochte, aß er eines der Brote. Beim dritten Bissen bemerkte er einen roten Fleck auf dem Käse. Er fühlte seine Nase und stellte fest, dass diese blutete. Er wischte sie mit dem Ärmel seines weißen Hemdes ab, in der Annahme, dass man den Ärmel unter dem Sakko sowieso nicht sehen würde. Als das Wasser gekocht hatte, füllte er es in eine Tasse und gab zwei Teelöffel Brühe dazu. Er löffelte die Flüssigkeit und aß dazu das zweite Brot. In dem Moment als er den letzten Bissen getan hatte, hörte er wie ein Hubschrauber dicht über das Haus flog. Sebastian ging zum Fenster, konnte den Hubschrauber aber nicht sehen. Was sie alle wollten, verstand er auch nicht. Es war Zeit das Taxi zu bestellen.

Sebastian ging ins Gästezimmer und nahm sein iPhone vom Strom. 34%. Das musste erst einmal reichen. Er entsperrte es und wartete darauf, dass es Netz hatte. In dem Moment, als der erste Balken da war, tat es dreimal hintereinander Ping: 9 Neue Nachrichten, 11 verpasste Anrufe, 3 Nachrichten auf Voicemail. Sebastian schaute sich zuerst die verpassten Anrufe an: Vier von Erik, einer von Sophie, einer von seiner Großmutter, einer von Katrin und einer von Benjamin. Dann schaute er sich die Nachrichten an. Die ältesten zuerst:

Erik: Die Feynmans sind offiziell raus. Habe den anderen Investoren noch nicht Bescheid gegeben. Ruf mich bitte sofort an!

Erik: Wo bist du?

Sophie: How was the funeral? Any updates? All good?

Erik: Die Feynmans haben den andern ohne mein Wissen Bescheid gegeben. Da ist grad ein großer Tumult. Wir sind CC. Melde dich bitte ASAP.

Katrin: Die Oma fragt, ob du heute nochmal nach Obergrundbach kommst.

Erik: Fuck- scheint das DeepBrain Ventures auch raus sind. Wo zur Hölle steckst du Assi?!?!?!?!

Erik: Ich steig gleich in den Flieger nach München. Nicht, dass du dich wunderst warum mein Telefon aus ist.

Erik: Bin gelandet und wieder verfügbar.

Benjamin: Hey! Danke für deine Nachricht gestern. Du, ich hätte mal eine Bitte. Um genau zu sein, könnte ich deine Hilfe bei was gebrauchen. Kannst du bitte sobald du Zeit hast zur Hütte kommen. Am besten du benutzt den Hintereingang. Sag den Jungs einfach, dass du Sebastian bist und mit mir sprechen willst. Die wissen schon Bescheid. Hoffe du kommst heil an der Presse vorbei ;)

Sebastian hatte keine Ahnung, was Benni von ihm wollte und noch weniger Lust es herauszufinden. Aber er konnte unmöglich einfach verschwinden, ohne Auf Wiedersehen zu sagen. Sebastian nahm an, dass seine Großmutter im Krankenhaus war und wohl am Abend zurückkommen würde. Die paar Stunden konnte er nun auch noch in der Hütte totschlagen. Er drehte sich eine Zigarette und verließ das Haus durch den Hinterausgang.

Als Sebastian wieder am Haus von Benni vorbeikam, kam der gleiche Reporter wieder auf ihn zu.

"Entschuldigen Sie, kennen Sie Benni Lichte?"

Er erkannte Sebastian nicht.

"Nein", antworte Sebastian und ging an dem Reporter vorbei und dann den kleinen Pfad nach unten zur Hauptstrasse.

An der Hauptstrasse angekommen, konnte Sebastian die Menge schon von weitem hören. Menschen sprachen in Megaphone, gelegentlich wurden Kampfgesänge angestoßen. Sebastian lief hinunter zum Marktplatz und je näher er kam, umso lauter wurde alles. So viele Menschen hatte das Dorf seit Jahrzehnten nicht gesehen, vielleicht sogar noch nie.

Sebastian ging an den Massen vorbei und versuchte so nah wie möglich an die Hütte heran zu kommen, als auf einmal Claudia vor ihm stand.

"Basti! Hey, wo kommst du denn her?"

"Oh hey! Aus Schmiedefeld."

"Du, der Benni wollte dich erreichen."

"Ja, hab's gerade gesehen. Er hat gemeint, ich soll zum Hintereingang kommen. Weißt du wo der ist?"

"Na klar. Aber hier wirst du nicht durchkommen. Du musst über die Ammengasse gehen."

"Und wo ist die?"

"Wart- ich bring dich."

Claudia nahm Sebastian an die Hand und führte ihn wieder an der Menge vorbei zur Hauptstrasse. Es roch nach Thüringer Bratwürsten und Zigarettenrauch.

"Wie siehst du überhaupt aus?"

"Was meinst du?"

"Na- wieso trägst du deinen Anzug? Gehst du heute auf die nächste Beerdigung? Die gibt's wohl im Dutzend billiger, was?"

"Haha. Nee, ich wollte mich eigentlich auf den Heimweg machen."

"Jetzt schon? Hast du denn schon alles erledigt?"

"Naja, ja… nein. Ich weiß auch nicht."

Claudia zog Sebastian nach rechts in eine kleine Strasse. Beide liefen die Rampe hinunter, die normalerweise von Lastwagen benutzt wurde, um in das Werk einzufahren. Das Tor war geschlossen. Vor dem Tor standen zwei Mitarbeiter. Beide waren jünger als Sebastian; gerade Zwanzig. Der kleinerer der Beiden trug einen Schnurrbart, der größere trug keinen Bart und dessen Kopf war kahl rasiert.

"Na, Claudia", rief der kleinere, als er die beiden sah.

"Na, Robi", rief Claudia zurück.

Die beiden musterten Sebastian.

"Das hier ist der Basti", stellte Claudia vor. "Das ist der Cousin vom Benni."

"Ach!", sagte der größere der beiden und gab Sebastian die Hand. "Freut mich!"

"Mich auch", erwiderte Sebastian und gab danach dem kleineren die Hand.

"Der Benni will mit ihm sprechen. Macht mal bitte das Tor auf."

Der kleinere drückte auf einen roten Knopf neben dem Tor, woraufhin das Tor langsam hochfuhr.

"Ach scheisse!", sagte der größere und nickte dabei in Richtung der Strasse, über die Sebastian und Claudia soeben gekommen waren. Sebastian und Claudia drehten sich um und sahen wie zwei Herren - einer mit einer Kamera auf der Schulter, der andere mit einem Mikrophon in der Hand - die Einfahrt herunter kamen.

"Ihr habt denen wahrscheinlich den Weg gewiesen. Von den Journalisten war noch keiner hier."

"Sorry", sagte Sebastian.

"Ist ja nicht eure Schuld. Geht aber mal lieber schnell rein. Wir wimmeln die schon ab."

Das Tor war bis zur Brusthöhe hoch gefahren und Sebastian und Claudia schlüpften darunter hindurch. Als die beiden in der Halle waren, fuhr das Tor wieder herunter.

Normalerweise war es in der Halle laut. Normalerweise beluden hier die Arbeiter die Lastwagen mit Paletten von Parfümflakons. An diesem Tag war alles still.

Sebastian und Claudia liefen durch die Halle hindurch, bis zu einer Tür, die zum Treppenhaus führte. Die Schritte der beiden schallten durch die Halle.

"Der Benni wird im Büro sein", sagte Claudia und führte Sebastian die Treppen nach oben in den zweiten Stock. In den Büroräumen war es bedeutend wärmer und es herrschte reges treiben. Im Hauptraum saßen die Streikenden auf Sofas oder standen in kleinen Gruppen mit Kaffeetassen in der Hand herum und berieten sich. Claudia grüßte in die Runde, woraufhin sich die jungen Männer und Frauen umdrehten und zurück grüßten. Auch hier musterten die meisten Sebastian.

Die beiden gingen den Gang nach hinten an kleineren Büros vorbei, bis sie an einer Tür standen mit der Aufschrift: Monteurkammer. Claudia klopfte und auf der anderen Seite rief jemand "Herein!". Claudia öffnete die Tür und die beiden betraten das Zimmer.

Benni saß an einem Schreibtisch beim Fenster und telefonierte. Dabei schaute er nach draußen auf dem Marktplatz und auf die Menge. Neben ihm stand ein junger Mann, der durch ein Notizbuch ging. Auf der rechten Seite des Zimmers saßen drei junger Männer auf einem Sofa und tippten auf ihren Telefonen herum. Ihnen gegenüber auf der anderen Seite stand ein untersetzter, älterer Herr und unterhielt sich mit einer großbewachsenen Frau im mittleren Alter. Als Sebastian die Tür hinter sich schloss, drehte sich die Frau um. Es war seine Tante Heike.

"Sebastian?", sagte sie überrascht.

Auch die anderen im Raum drehten sich zu Sebastian um. Er hob seine Hand und sagte: "Hallo!"

"Das hier ist der Cousin vom Benni", sagte Claudia in die Runde, woraufhin diese Sebastian wohlwollend zunickten. Sebastian nickte zurück, dann ging er gemeinsam mit Claudia hinüber zu seiner Tante.

"Was machst du denn hier?", fragte Heike noch bevor Sebastian sie umarmen konnte.

"Das musst du Benni fragen", antwortete Sebastian. Danach umarmte ihn seine Tante.

"Schön dich zu sehen. Wie geht's dir?"

"Ganz okay", antwortete Sebastian.

"Wir haben uns ja ewig nicht mehr gesehen. Wie lang wird's her sein? Fünf Jahre?"

"Ich glaub, das letzte Mal zum Achtzigsten vom Opa."

"Also schon 6 Jahr! Meine Güte, wie die Zeit vergeht…"

Heike drehte sich zu dem untersetzten Herrn und sagte: "Das hier ist der Olaf."

Sebastian gab dem Herrn die Hand. "Freut mich!"

"Olaf ist der Bürgermeister von Obergrundbach, falls du das nicht wusstest", fügte Heike an.

"Nee, wusste ich nicht."

"Der Sebastian ist der Sohn der Petra", stellte Heike ihren Neffen vor.

"Ach? Von der Petra! Na das freut mich aber."

Der Bürgermeister lächelte Sebastian zu, woraufhin Sebastian die Flecken, die man von zu viel Rauchen und Kaffee auf den Zähnen bekommt, sehen konnte. Sebastian lächelte zurück.

Claudia war zu Benjamin gegangen. Als Sebastian sich zu den beiden drehte, war Benjamin gerade fertig geworden mit dem Telefonat und sagte: "Scheiss Presse!" Dann stand er auf und kam zu Sebastian herüber. Die Blicke der andern im Raum waren auf Benjamin gerichtet. Er umarmte seinen Cousin.

"Schön, dass du es geschafft hast!"

"Naja, klar. Und du? Wie geht's dir?"

"Ganz schön chaotisch ist es momentan."

"Das kann ich mir vorstellen. Ich hab deine SMS bekommen. Um was geht's denn?"

"Das besprech ich lieber unter vier Augen mit dir. Aber sag: Warum hast du denn den Anzug an? Willst du, dass dich alle für einen von Huberts Anwälten halten?"

"Ja, lange Geschichte."

"Egal. Komm mal mit."

Benjamin führte Sebastian aus dem Raum und die beiden gingen zurück zum Treppenhaus und das Treppenhaus bis ganz nach oben aufs Dach. Als die beiden am Dach ankamen, stieß ihnen ein starker Wind entgegen. Sebastian zog die Kapuze seines Dufflecoats über den Kopf. Benjamin machte der Wind nichts aus.

Sebastian schloss die Tür hinter sich und folgte Benjamin zum Geländer. Als er bei ihm stand, schauten die beiden nach unten auf die Menge, die nicht aufgehört hatte zu skandieren: "Die Hütte brennt, wenn die PSP mit dem Geld wegrennt!"

Sebastian brauchte fünf Anläufe, um sich eine Zigarette anzuzünden. Als er es endlich geschafft hatte, sagte Benjamin: "Hör mal, Großer. Ich könnte deine Hilfe bei was gebrauchen."

Sebastian atmete den Zigarettenrauch aus, dann sagte er: "Ja, das hattest du schon in deiner Nachricht geschrieben. Aber hast du auch Details?"

"Folgendes: Aufgrund von dem ganzen Tohuwabohu da unten und der ganzen Aufmerksamkeit von den Medien, hat sich der Huberts bereit erklärt, sich nochmal mit uns an den Verhandlungstisch zu setzen."

"Ach was?"

"Jaja, eigentlich ne gute Entwicklung."

"Kann man so sagen."

"Bisher vertraten der Olaf und Tante Heike die Position der Arbeiter. Aber die beiden haben bei den Verhandlungen nicht nur die Interessen der Arbeiter im Kopf, sondern vertreten auch noch das Dorf Obergrundbach - im Fall vom Olaf -, sowie die der Gewerkschaft an sich - im Fall von Tante Heike. Ich hätte aber gern jemanden mit am Tisch, der nur unser Interesse vertritt. Also das der Arbeiter. Das Problem ist aber, dass sich von uns keiner mit dem Geschäftlichen auskennt. Also nicht gut genug, um da gegen die Anwälte von der PSP argumentieren zu können."

"Und?"

"Naja, und da habe ich an dich gedacht?"

"An mich? Wie kommst du denn auf die Idee, dass ich für so etwas qualifiziert genug bin?"

Sebastian nahm einen langen Zug von der Zigarette. Sie schmeckte ihm fürchterlich.

"Naja, du kennst dich doch aus mit Betriebswirtschaft und hast Erfahrung, wie man mit Investoren verhandelt. Außerdem kennt dich keiner hier. Von dir haben sie noch keine vorgefertigte Meinung im Kopf. Die Anwälte von der PSP denken doch, wir sind nur dumme Dörfler. Aber du kommst aus Berlin. Das allein wird denen schon Eindruck machen."

"Ich glaub nicht, dass Berlin bei denen groß Eindruck macht…"

"Ist auch egal. Was ich meine ist, dass die dich nicht kennen und nicht wissen, was sie zu erwarten haben. Außerdem weiß ich doch, wie du reden kannst."

"Ich weiß nicht, was ich sagen soll. Ich glaub wirklich nicht, dass…."

"Du würdest uns allen wirklich einen Riesendienst erweisen. Du siehst doch, was hier auf dem Spiel steht. Wenn die Hütte dichtmacht, können wir Obergrundbach vergessen. Und die ganzen Dörfer im Umkreis ebenfalls. Die Jungen werden alle von hier wegziehen."

Sebastian schaute hinüber zum Berg, an dem das Haus der Großeltern stand. Sebastian musste nur den Weg zurück gehen, seine Tasche nehmen und ein Taxi rufen. In anderthalb Stunden wäre er in Saalfeld. Sechs Stunden später in Berlin. Dann könnte er sich um das Investment für seine Firma kümmern, tanzen gehen, ficken. Es war so einfach.

Sebastian schnippte die Zigarette vom Dach. Dann drehte er sich zu seinem Cousin: "Also, ich weiß echt nicht, was du hier von mir erwartest, aber okay: Ich mach's."

"Wirklich?", Benjamin schaute seinen Cousin in die Augen und lächelte.

"Ja, ich denk schon"

Benjamin umarmte Sebastian.

"Das ist echt gut von dir, Großer. Wirklich!"

Sebastian holte eine weitere Zigarette aus der Packung. Diesmal bekam er sie beim ersten Versuch an.

"Naja, nur weil ich sage ich mach's, heißt das nicht, dass ich auch was erreichen werde."

"Ja, aber wenn man es gar nicht erst versucht, wird es erst recht nichts."

"Naja, wahrscheinlich. Aber gut: Wie sieht denn der Plan aus?"

"Also der Huberts hat vorgeschlagen am Montag mit den Ge-sprächen zu beginnen. Das würde dir einen Tag geben, um dich in die Materie einzulesen und uns abzustimmen."

"Ein Tag? Das ist aber echt nicht viel Zeit."

"Ich weiß. Aber am Ende ist auch alles nicht so kompliziert."

"Das sagst du."

"Nee, glaub mir. Das bekommst du schon hin. Du bist ja nicht auf den Kopf gefallen. Außerdem: Wenn der Hauptschüler es schafft, wird es der Großstädter ja wohl auch."

"Haha."

Benjamin klopfte Sebastian auf den Rücken.

"Dank dir! Echt."

Sebastian rauchte die Zigarette auf, dann gingen beide wieder nach unten. Als sie das Monteurzimmer betraten, sagte Benjamin: "Ich hab euch doch gesagt, der Hauptstädter wird uns nicht im Stich lassen."

Die anderen Jungs fingen an zu klatschen und pfeifen. Ein paar der Jungs kamen zu Sebastian herüber und klopften ihm ebenfalls auf die Schulter.

"Benni, was soll das heißen?", hörte Sebastian seine Tante Heike fragen. Sebastian schaute zu den beiden hinüber.

"Das, was ich gesagt hab. Der Basti wird ebenfalls an den Ver-handlungen teilnehmen und für unsere Seite eintreten."

"Wie bitte? Aber dafür ist die Gewerkschaft zuständig."

"Hör mal, Tante Heike. Ehrlich gesagt, passt es uns nicht mehr, wie die Gewerkschaft für uns argumentiert. Das einzige, was ihr bis jetzt für uns rausholen konntet, war ein läppisches Abfindungspa-ket. Und dass, wo du doch genau weißt, was wir eigentlich fordern."

"Benni, du kannst nicht einfach die Regel umgehen…"

"Und ob ich das kann! Ich hab das Vertrauen der anderen Arbei-ter und das ist meine Entscheidung."

Heike wendete sich ab und kam mit schnellen Schritten zu Sebastian herüber.

"Wir müssen reden", sagte sie und schaute ihren Neffen dabei grimmig an.

"Ähm…"

"In einer Stunde im Gartenhaus bei der Oma. Keine Widerrede!"

Danach verließ sie das Monteurszimmer. Der Bürgermeister ging ihr hinterher.

"Hast du den beiden nicht von deinen Plan erzählt?", rief Sebastian Benjamin zu, der mittlerweile wieder an dem Schreibtisch saß.

"Nee, warum sollte ich?"

Sebastian ging zu ihm hinüber.

"Naja, vielleicht weil es angebracht gewesen wäre."

"Nee nee- die hätten nur versucht mich umzustimmen und am Ende vielleicht sogar dich dazu bewegen wollen es nicht zu machen. Ist schon gut so."

"Alter- du weißt wie anstrengend Tante Heike werden kann."

"Oh ja! Nur zu gut. Aber mach dir keine Sorgen. Die wird dir schon nicht reinfahren."

"Wenn du meinst…"

"Ich meine. Und wegen Morgen: Kommst du hier in der Früh vorbei, damit wir alle Punkte mal durchgehen können?"

"Klar. Wann denn?"

"Neun?"

"Passt."

Sebastian verabschiedete sich von allen, dann verließ auch er das Zimmer und ging wieder hinunter in die Ladehalle. Als er beim Tor stand, klopfte er dagegen, woraufhin es langsam hochfuhr. Sebastian schlüpfte darunter hindurch.

"Ah, Sebastian", sagte der kleinere der Beiden, der jetzt allein am Tor stand, als Sebastian sah. "Wie lief's mit Benni? Hat er dich überzeugen können?"

"Hat er dir davon erzählt?"

"Klar. Der Benni erzählt uns alles."

"Ähm- ja, gut, denke ich."

"Geile Sache."

"Ja, ähm… Ich werd mich dann mal wieder aufmachen."

"Mach's gut. Und Sebastian:"

"Ja?"

"Pass auf dort vorn. Um die Ecke stehen Journalisten, die nur darauf warten einen von uns vor die Kamera zu bekommen."

"Danke für die Info."

Neun

Als Sebastian die Küche betrat, stand seine Großmutter wieder am Herd, schnitt Kartoffeln und warf die Stücke in den Suppentopf.

"Guten Abend", sagte er.

Seine Großmutter drehte sich zu ihm um.

"Sebastian! Dass du dich auch mal meldest. Wo warst du denn gestern?"

"Du wusstest doch, dass ich zum Haus vom Erhard musste."

"Ja, aber ich dachte doch nicht, dass du dort übernachtest. In dem Haus, du bist doch verrückt! Da wurde doch schon seit Wochen nicht mehr geheizt!"

"Doch, doch- der Erwin hat sich schon drum gekümmert."

"Ich hatte extra noch Gulasch aus der Gefriertruhe geholt."

"Ja, entschuldige."

"Jaja."

Sebastian ging zum Schrank und holte sich eine Tasse heraus. Dann ging er zur Spüle und schenkte sich etwas Wasser ein.

"Ich hab auch noch Wasser mit Sprudel in der Speisekammer."

"Ist schon okay. Danke! Wie war's beim Opa?"

Seine Großmutter pausierte kurz mit dem Schneiden. Als sie weitermachte, sagte sie: "Naja, wohl nicht so gut."

"Was heißt das?"

"Die müssen ihn schon wieder operieren."

"Noch nen Bypass?"

Seine Großmutter schälte die Kartoffeln nun schneller.

"Ja."

"Scheisse."

"Ach, naja- das wird schon. Die ersten drei hat er ja auch überstanden."

"Und wann soll das soweit sein?"

"Da bist du schon lang wieder fort. Das braucht dich nicht zu kümmern."

Sebastian nahm einen Schluck von dem Wasser.

"Vielleicht auch nicht. Ich werd wohl für den Benni an den Verhandlungen mit der PSP teilnehmen."

Seine Großmutter drehte sich zu Sebastian und sah ihn verwundert an. "Du?"

"Ja. Ich."

"Was hat sich der Benni denn dabei gedacht?"

"Da musst du wohl ihn selber fragen."

"Ich werd den Teufel tun, bei dem Trubel runter in die Hütte zu gehen."

"Kannst ihn ja anrufen."

"Ach- der geht doch nicht ran, wenn ich anrufe. Das macht der nur, wenn er was von mir braucht."

"Naja, auf jeden Fall bleib ich noch ein paar Tage länger. Am Dienstag werd ich wohl auch zum Anwalt vom Erhard wegen dem Erbe müssen."

"Papierkram?"

"Ja, so in der Art. Hast du eigentlich gewusst, dass Opa Erhard verschuldet war?"

"Ich? Woher soll ich denn das wissen? Ich hab mit dem doch seit deiner Schuleinführung nicht mehr geredet."

"Hätte ja sein können."

"Kam das jetzt raus, dass er Schulden hat, als du im Haus warst?"

"So ungefähr."

Sebastians Großmutter atmete tief aus. "Naja, überleg dir das gut, ob du das Erbe antrittst."

"Werd ich machen."

"Übrigens ist deine Tante Heike im Gartenhaus. Vielleicht willst du ja mal Hallo sagen."

"Ja, ich weiß. Ich hab sie in der Hütte schon getroffen. Die will wohl mit mir über die Verhandlungen reden."

"Ach so! Dann weiß die also auch schon Bescheid! Naja, ich erfahr ja alles immer als letzte."

"Ach, Oma."

"Nee nee- schon gut, schon gut."

"Aber sag: Wann ist denn nun die Operation?"

"Nächsten Donnerstag. Früh um 8."

"Verstehe. Naja, dann werd ich schon noch da sein."

"Na, wenn du solange bleibst, dann muss ich ja fast schon Geld verlangen!"

"Dann sollte aber auch die Heizung im Gästezimmer funktionieren."

"Sag das deinem Onkel, dass der sich das mal ansieht. Du kannst ja solche Sachen nicht. Nur immer Computer, Computer."

"Jaja. Ich geh mal nach draußen zu Heike."

"Scheuch die ja weg, wenn ihr fertig seid. Ich hab keine Lust mit der noch den Abend verbringen zu müssen."

Sebastian musste laut auflachen. "Werd ich machen."

Sebastian ging nach draußen. Dieses Mal kam der Hund nicht. Vielleicht war er mit Bernd unterwegs, dachte Sebastian. Er stapfte den Weg nach oben zum Gartenhaus und schaute in den Himmel. Erste Sterne waren zu sehen. Als er das Gartenhaus betrat, sah er Heike, wie sie am Fenster saß und hinunter auf die Hütte schaute.

"Hey!", sagte Sebastian, während er die Tür hinter sich schloss.

"Hey zurück! Sag mal, Sebastian:", fragte Heike, ohne sich zu ihren Neffen umzudrehen. "Was machst du hier eigentlich?"

Sebastian zog seinen Dufflecoat aus, legte ihn auf das Sofa und ging hinüber zum Tisch.

"Du kommst aber schnell zum Punkt."

"Ich meins ernst."

"Was meinst du? Ich war hier auf der Beerdigung von Opa Erhard."

Heike drehte sich zu Sebastian und schaute ihm in die Augen. Heike hatte die gleichen Augen wie Sebastians Großvater, Sebastians Mutter und er selbst.

"Dein Erhard ist gestorben? Ja, wann ist das denn passiert?"

"Letzte Woche."

Heike drehte sich wieder zum Fenster. "Das tut mir leid. Mein Beileid! Der Erhard hatte kein leichtes Leben gehabt."

Sebastian zündete sich eine Zigarette an.

"Das hab ich in den letzten Tagen schon öfter gehört."

"Das ihr immer hier drin rauchen müsst!"

"Ich bin hier nicht so oft."

"Immer wenn ich hier bin, muss einer rauchen. Sei's die Katrin oder der Bernd oder du."

"Ich bin hier dennoch nicht so oft."

"Du weißt schon, dass es dein Opa mit dem Herzen hat, weil er sein ganzes Leben wie ein Schlot gequalmt hat, oder?"

"Ja, ich weiß."

"Ach, macht doch alle, was ihr wollt."

Sebastian erwiderte nichts. Nach einer Minute drehte sich seine Tante wieder zu ihm um und sagte: "Hör mal: Du willst das doch nicht etwa wirklich für den Benni machen, oder?"

"Du meinst die Verhandlungen mit dem Huberts?"

"Ja, was denn sonst?"

"Wieso denn nicht?"

"Wieso denn nicht? Na, weil du davon nichts verstehst! Du hast weder Einblick in die Firma, noch in den Markt, noch in die bisherigen Verhandlungen."

"Ich hab doch morgen den ganzen Tag um mich vorzubereiten."

Heike schaute ihren Neffen entgeistert an und schüttelte den Kopf. "Ich glaub hier in dem Nest sind alle verrückt geworden. Weißt du wie viele Werke in der Gegend nach der Wende geschlossen wurden?"

"Keine Ahnung."

"Fast zwanzig! Und ich war bei vielen davon dabei."

"Und?"

"Es ist einfach nun mal so, dass die alle wirtschaftlich nicht Konkurrenzfähig waren. Und so ist es auch mit der Hütte. Es ist nicht die Frage, ob die Hütte geschlossen wird, sondern wann, Sebastian."

"Ist das so?"

"Ja, das ist so! Und wir hatten den Huberts schon so weit, dass er allen - ja, allen! - Mitarbeitern ein großzügiges Abfindungspaket zugesichert hat. Das kannst du jetzt mit der Aktion vom Benni und den anderen Spinnern aber mal komplett vergessen. Der Huberts wird die da rausholen lassen, die Jungs wandern vielleicht sogar mal für ein paar Wochen ins Gefängnis und die anderen Mitarbeiter bekommen nichts. Danke Benni!, sag ich da nur."

Sebastian drückte die Zigarette aus, dann sagte er: "Ja, aber die wollen keine Abfindungspakete, die wollen ihre Jobs behalten."

"Ich nehm mir auch mal eine, ja?", sagte Heike und nahm sich eine Gauloise, ohne eine Antwort abzuwarten. Dann zündete sie sich diese an.

"Hast du nicht eben noch gesagt…? Egal."

"Schau: Das ist mir durchaus klar, dass die ihre Jobs behalten wollen, aber die Jobs werden nicht mehr benötigt. Die Welt dreht sich nunmal weiter. Aber anstatt, dass die Arbeiter sich an die Vergangenheit klammern, sollten sie lieber nach vorn schauen und sich neu orientieren. Immer schreien alle nur nach jemanden, der ihnen die Hand hält und sagt, was sie zu tun haben, anstatt selber mal den Kopf anzuschmeissen."

"Aber wenn das Dorf nunmal seit Jahrhunderten über das Glaswerk funktioniert? Du kannst doch nicht erwarten, dass die das einfach so hergeben, nur weil so ein Multinational sie als nicht rentabel genug ansieht."

"Ich erwarte gar nichts, Sebastian! Ich sehe die Realität, wie sie nunmal ist, und bau keine Luftschlösser."

Sebastian und Heike schauten hinunter zur Hütte. Auf dem Marktplatz funkelten die Lichter der Demonstranten, der Medien, der Polizei.

"Hör mal, Tante Heike: Ich will dir und den Bürgermeister da gar nicht reinfahren. Seht mich doch einfach als jemanden, der mit am Tisch sitzt, um noch etwas mehr für die Arbeiter rauszuholen."

"Dir ist schon klar, dass das nicht so läuft, oder? Huberts wird mit Vorschlägen kommen, wir werden mit Bedingungen kommen und dann trifft man sich in der Mitte. Das ist nicht so, dass du dann noch nen Bonus rausschlägst, nur weil du mit am Tisch sitzt. Was denkst du dir eigentlich? Und außerdem: Was soll denn dieser "Bonus" sein? Dass der Huberts das Werk nicht schließen lässt und alle Arbeitsplätze erhalten bleiben? Das wird im Leben nicht passieren!

Da kann der Benni und seine Bande noch so lang in der Hütte ausharren und noch so viele Cousins an den Verhandlungstisch bestellen."

"Wenn man es nicht versucht, kann es auch nicht klappen."

"Ach, du spinnst doch! Genauso wie dein Cousin und der ganze Rest! Was wisst ihr überhaupt von der Welt? Ihr seid doch noch halbe Kinder!"

"Ich bin siebenundzwanzig."

"Ja, eben!"

Je mehr seine Tante in Rage kam, umso entspannter wurde Sebastian. Kurz überlegte er, zum Kühlschrank zu gehen und ein Bier herauszunehmen, doch dann kam ihm seine Tante zuvor.

"Willst du eigentlich ein Bier?", fragte sie.

"Gibt's hier auch kleine?"

"Es gibt hier seit Jahr und Tag nur Hasseröder. Und die gibt's hier nur als halbe Liter."

"Naja, dann nehm ich halt ein normales."

Heike holte zwei Flaschen heraus, stellte diese auf den Tisch und öffnete sie. Dann hob sie eins davon hoch und sagte: "Prost!"

Ohne mit Sebastian anzustoßen, nahm sie den ersten Schluck. Sebastian tat es ihr gleich.

"Wie geht's eigentlich deiner Mutter?"

"Ganz gut, denke ich. Macht jetzt Yoga und hat mit dem Meditieren angefangen."

"Mit den Meditieren?"

"Jaja. TM."

"Kein Ahnung was das ist."

"Ist auch nicht so wichtig."

"Ist sie noch mit dem Henri zusammen?"

"Klar. Ich glaube auch, dass du es gehört hättest, wenn es nicht so wäre."

"Aber verheiratet sind die immer noch nicht?"

"Auch davon, glaub ich, hättest du erfahren, Tante Heike."

"Vermutlich."

"Und dir? Wie geht's bei dir?"

"Wenn der Mist mit der Hütte nicht wär, gäng's mir besser."

"Bist du noch mit dem Jörn zusammen?"

"Ach, wo denkst du hin! Schon seit Jahren nicht mehr."

"Schade, den fand ich eigentlich ganz witzig."

"Ja, witzig war er. Das fanden viele. Vor allem andere Frauen!"

"Verstehe. Und seit dem keinen neuen Freund gehabt?"

"Ach Sebastian, hier in der Gegend findet man doch keine. Die sind alle entweder seit dreißig Jahren verheiratet oder die größten Deppen. Da muss schon mal bei einem die Frau sterben, damit wieder was passables auf dem Markt landet. Und auf irgendeine Ü50-Disco nach Saalfeld zu fahren, ist mir leider Gottes auch zu blöd. Deine Mutter hat das schon richtig gemacht, als dein Vater gestorben ist. Einfach abhauen. Das hätte ich auch machen sollen."

"Kannst du doch immer noch."

"Ja, freilich", erwiderte Heike. "Ich werd meine Villa für zehntausend Euro verkaufen, mit dem Geld nach Afrika auswandern und bis ans Ende meiner Tag jungen, schwarzen Männern nachsteigen."

"Klingt doch nach nen sauberen Plan."

Heike musste lachen und nahm sich eine weitere Zigarette aus der Packung.

"Vielleicht mach ich's ja. Oder ich versuch die Alte vom Huberts umzulegen. Der hat wenigstens Geld."

Die beiden saßen eine Weile lang da und sprachen nicht, sondern tranken das Bier, rauchten und schauten sich weiter das Treiben auf dem Marktplatz an. Die ersten Demonstranten verabschiedeten sich für die Nacht, setzten sich in ihre Wagen und fuhren nach Hause.

"Wann geht es denn am Montag los? Also die Verhandlungen, meine ich", fragte Sebastian.

"Um neun Uhr. Ich treffe mich allerdings mit dem Bürgermeister um 7:30 bei der Gisela zum Frühstück um nochmal die Strategie abzuklären."

"Da komm ich am besten dazu."

Heike schüttelte den Kopf. Dann sagte sie: "Na, wenn's unbedingt sein muss.

Als Heike irgendwann auch nach Hause fuhr, ging Sebastian zurück ins Haus und direkt ins Gästezimmer. Er schaute ein letztes Mal auf sein iPhone. Es gab eine neue Nachricht:

Erik: Sag mal, soll ich dich vermisst melden?!?! Melde dich, du Schweinehund! UNSERE FIRMA GEHT DEN BACH RUNTER!!!

Zehn

Heike war einmal verheiratet gewesen. Er, F., kam aus dem Westen und war Tischler. Die beiden lebten in Bayern, Oberfranken, nah an der Grenze zu Thüringen. Sebastian hatte zwei Erinnerungen an F.:

Die erste: In den Sommerferien nach der vierten Klasse, kurz bevor Sebastian mit seiner Mutter wegzog, war er über's Wochenende zu Besuch bei seiner Tante. Die beiden schauten am Abend fern (Richard Donners Superman). Draußen war es noch hell. F. kam von einem Grillfest und war angetrunken. Die beiden stritten sich. F. stieß Heike gegen den Wohnzimmertisch.

"Nicht vor dem Sebastian", sagte Heike und die beiden gingen nach draußen in den Garten. Sebastian hörte sie weiterhin streiten. Irgendwann kam sie wieder herein. Heikes Augen waren rot, F. war wieder gefahren.

Die zweite: Beerdigung. F. hatte einem Freund beim Hausbau geholfen und war vom Gerüst gefallen. Sofort tot. Auf der Beerdigung wurde Beileid ausgesprochen. Als die erwachsenen Gäste angetrunken waren, hörte Sebastian wie Bernd zu Sebastians Mutter sagte: "Zum Glück ist der Wessi weg."

Als um sieben Uhr der Wecker klingelte, war Sebastian in der Stimmung laufen zu gehen. Als er jedoch nach draußen schaute, sah er, dass es die Nacht über geschneit hatte und daher an Laufen nicht zu denken war. Aber vielleicht würde eine Wanderung ja ebenfalls genügen. Er ging ins Bad um sich zu duschen. Danach zog er sich an.

Sebastian schaute nur kurz in der Küche vorbei, um seiner Großmutter Bescheid zu geben, dass er wohl den Tag in der Hütte verbringen werde, dann verließ er das Haus. Der Himmel war blau und als Sebastian an den Häusern vorbei ging, fiel ihm zum ersten Mal in diesem Winter der Weihnachtsschmuck in den Fenstern auf: Sterne, Pyramiden, Kerzen. Er hatte Weihnachten komplett vergessen.

Als Sebastian beim Ortsausgangsschild ankam, nahm er den Pfad der in den Wald führte. Es dauerte nicht lang und seine Füße waren nass, aber es störte ihn nicht; er würde seine Strümpfe dann einfach in der Hütte trocknen. Gelegentlich rutschte er aus und musste sich an Bäumen festhalten, andere Male landete er auf seinen Knien. Weh tat er sich nicht.

Es dauerte nicht lang und Sebastian hatte den Gipfel erreicht. Er schaute hinunter ins Tal und aufs Dorf, in dessen Mitte die Hütte herausragte. Wie ein Herz wirkte das Werk von hier oben, welches das Dorf am Leben hielt. Er atmete tief ein und wieder aus. Danach holte er sein iPhone hervor und rief Erik an. Nach nur einmaligen Klingeln ging er ran.

"Endlich!"

"Hey Erik."

"Du Assi, wo bist du denn?"

"Immer noch in Thüringen."

"Immer noch? Wie lange dauert denn so eine Beerdigung bei euch, bitte? Zwei Wochen?"

"Die Beerdigung ist vorbei. Aber ich hab noch ein paar Sachen zu erledigen."

"Hast du die Mails gesehen? Hast du meine Nachrichten bekommen? Uns zerspringt gerade die Runde. Ich könnte deine Hilfe gebrauchen, Herr Geschäftsführer."

"Ich hab die Mails noch nicht gelesen, Herr Geschäftsführer."

"Die Feynmans und DeepVentures sind raus. 1,5 Mio weg! Die anderen sind noch dabei, meinen aber, dass sie uns nicht ihr Geld geben, bevor wir einen neuen Lead-Investor haben."

"Macht Sinn."

"Ja, Sinn macht es, ist aber Scheisse für uns. Ich hab schon ein paar Mails fertig gemacht für neue, aber ich brauch dich zur

Abstimmung. Des Weiteren muss ich die Jungs in Zaun halten, die auch wissen wollen, was auf einmal los ist. Ich meine, die kennen ja unsere Finanzen. Grob."

"Wie geht's denen denn?"

"Ach- wie soll's denen schon gehen! Die arbeiten und trinken ihre Mate. Die neuen Social Features werden wohl noch fertig, bevor sich alle in den Weihnachtsurlaub verziehen. Das schaut gut aus. Aber der Björn fragt mich nun mittlerweile auch schon täglich, ob es ein Update zu den Investoren gibt, da er sich sonst ne neue Anstellung suchen muss. Der hat ja erst vor nen halben Jahr die Wohnung gekauft gehabt und kann sich keinen Gehaltsausfall leisten."

"Das versteh ich."

"Ja, Mann! Jeder versteht sowas. Aber wir müssen jetzt was machen. Du und ich! Ich hab kein Bock, dass die Firma auseinander fällt, wo wir eigentlich in die zweite Phase kommen."

"Ich auch nicht."

"Nee? Wirkt aber so. Wann bist du denn zurück in Berlin?"

"Nächste Woche irgendwann. Ende nächster Woche."

"Ende? Ende nächster Woche? Ich brauch dich jetzt. Was dauert denn so lang?"

"Hier ist noch was dazwischen gekommen, um das ich mich kümmern muss… will."

Erik schwieg. Nach einer Weile sagte Sebastian: "Ich werd mich beeilen. Schick mir doch einfach, was du hast. Ich schau's mir an und geb dir Feedback."

"Meine Fresse. Du hast vielleicht Nerven! Aber gut, dann schaukel ich den Karren halt allein. Aber über die Aktion müssen wir dann nochmal reden."

"Jaja, machen wir."

"Whatever."

Erik legte auf und Sebastian steckte sein iPhone wieder ein und ging weiter den Hang hinauf. Vom Telefonieren war seine rechte Hand ganz kalt geworden und er ballte eine Faust in seiner Hosentasche.

Sebastian dachte an Erik: Er konnte ihn gut verstehen, aber seltsamerweise war Sebastian die Firma egal wie nie. Sicher, sie hatten

Spaß bei der Arbeit und waren schon ein gutes Stück gekommen, aber womit eigentlich? Wofür? Ihr Produkt veränderte sicherlich nicht die Welt und war - wenn man zynisch sein wollte - sogar eine riesige Zeitverschwendung. Erik und Sebastian machten es in erster Linie, weil sie schon seit dem Studium eine eigene Firma haben wollten. Um was es bei der Firma ging, war eigentlich recht egal. Und obwohl in Interviews gern behauptet wurde, dass man ein langfristiges Business aufbauen wolle, so war das eigentliche Ziel der Gesellschafter doch der möglichst schnelle Verkauf, der Exit.

Am oberen Ende des Bergs stand ein kleines Holzhäuschen, das für jeden zugänglich war. Das Haus hatte ungefähr die Ausmaße des Gartenhäuschens bei Sebastians Großeltern. Als er ankam, wischte er so gut er konnte den Schnee von einem der Holzstühle auf der Veranda und setzte sich. Es war kalt und seine Hose wurde von den Schneeresten ein wenig nass, doch es war auszuhalten. Er zündete sich eine Zigarette an und schaute auf das Feld: Im Sommer weideten hier Kühe und Schafe gemeinsam. Nicht viele - vielleicht zehn von jeder Art. Tiere hielt man sich hier nicht um Geld mit ihnen zu verdienen. Auch Sebastians Großeltern hatten eine Weile lang Kühe gehabt. Irgendwann wurde den Großeltern die Arbeit aber zu viel und sie haben die Tiere sein lassen. Katrin und Bernd hatten keine eigenen. Benjamin auch nicht. Die Weidewiese war nicht weit von dem Rasthäuschen entfernt. So weit Sebastian wusste, hatte die Familie die Wiese noch.

In Sebastians Erinnerung waren die Sommer hier immer heiß. Es gab viele Wespen und man musste etwas auf sein Getränk legen, damit diese nicht hinein krabbelten und man sie in den Mund bekam. Die Männer behielten daher immer den Kronenkorken auf den Bieren, die Kinder mussten sich mit Bierdeckeln begnügen, die sie auf ihre Gläser legten. Die Kinder tranken die Hälfte der Zeit Limonade. Aber keine Fanta oder Coca-Cola oder Sprite, sondern die günstigen Versionen aus dem Aldi oder dem Lidl oder der Norma. Den Kindern schmeckte es gleich. Wenn es keine Limonade gab, gab es Säfte, die die Großmutter gemacht hatte. Meistens mussten diese aber mit Leitungswasser verdünnt werden, da sie zu intensiv waren im Geschmack. Vor allem die Kirschsäfte.

An Sommerwochenenden wurde immer gegrillt. Das Grillen begann bereits am Nachmittag. Während Benjamin und Sebastian im Garten spielten, hörten die Männer die Bundesligakonferenz und wechselten sich am Rost ab. Gegessen wurde dann den ganzen Nachmittag und Abend über. Der, der am Grill stand, aß meist zuletzt. Als Kind dachte Sebastian noch, dass es viel Beherrschung brauchte, so lange auf seine Wurst warten zu müssen, bis ihm irgendwann klar wurde, dass wenn man raucht und trinkt, der Hunger einem nicht so schnell kommt.

Getrunken und geraucht wurde viel. Nicht nur in Sebastians Familie, sondern überall hier.

Während die Männer am Rost standen, bereiteten die Frauen in der Küche von Sebastians Großmutter Salate vor. Irgendwann kamen sie dann mit den Salaten und den Brot und den verschiedenen Soßen nach unten. Auch sie hatten schon ein paar Bier getrunken. Wenn es dann am Abend dämmerte, kamen Nachbarn und Freunde und es wurde sich richtig getrunken. Großes Ziel war dann immer, einen Kreis aus Kümmerling-Fläschchen auf dem Tisch bei der Hollywood-Schaukel hinzubekommen. Sechzig Flaschen. Ganz oft gelang es auch. Irgendwann mussten die Kinder ins Bett. In den Schlafzimmern unter dem Dach war es warm, aber die Kinder schliefen dennoch ein. Aus dem Garten hörte man noch Lachen und Musik.

Sebastian schaute auf sein iPhone: Es war kurz nach Acht. Zeit sich auf den Weg in die Hütte zu machen. Er drückte die Zigarette aus und steckte die Kippe zurück in die Packung, dann ging er über das Feld hinunter.

Als er nach fünfzehn Minuten an der Hauptstrasse ankam, hörte er bereits wieder die ersten Demonstranten: *Die Hütte brennt, die Hütte brennt, wenn die PSP mit dem Geld wegrennt!*

Sebastian ging auf den Fußweg entlang bis zu der kleine Strasse, die zum Ladeeingang führte. Auch diesmal standen bereits ein Kameramann und ein Reporter da. Als er an ihnen vorbei ging, fragte der Reporter: "Arbeiten Sie in der Hütte und hätten Lust uns ein Interview zu geben?"

"Nein, ich bin nur Tourist", erwiderte Sebastian und ging weiter. "Jaja, Tourist."

Sebastian ging zunächst noch ein paar Schritte, dann blieb er stehen. Er drehte sich um und ging zu dem Mann zurück, der in seinem Alter war.

"Willst du irgendwas andeuten, du Spasst?"

"Oh, hab ich den Bauern etwa auf den falschen Fuß erwischt?"

"Bauern? Ich glaub nicht, dass hier so viele Bauern leben."

"Jaja", sagte der Reporter und winkte ab. Dann drehte er sich zurück zu seinem Kameramann.

"Hey! Ich red mit dir!"

"Alter, ich hab nur nen Scherz gemacht! Komm, geh einfach weiter", erwiderte der Reporter, doch Sebastian wollte diese Reaktion nicht gelten lassen und schubste den Reporter gegen seinen Kameramann. Der Kameramann fing den Reporter allerdings nicht auf, sondern schubste ihn zurück, was dem Reporter komplett das Gleichgewicht kostete und ihn umfallen ließ.

Am Boden liegend, fragte der Reporter: "Sag mal, spinnst du?" Er war rot angelaufen. Sebastian erwiderte nichts und ging weiter, während der Kameramann dem Reporter hoch half. Als dieser wieder stand, klopfte er sich den Schnee und die Kiesel von der Kleidung.

Am Tor stand wieder Robert, der gleiche junge Mann, wie schon am Vortag und dem Tag davor. Er hatte ein Smartphone in der Hand und drückte darauf herum.

Der Job in der Hütte war Roberts erster Job. Wenn Robert nicht arbeitete, verbrachte er die Zeit mit Motorcross und dem spielen von Dungeons and Dragons. Er und seine Gruppe (die er bei der Lehre kennenlernte) spielten die fünfte Edition. Sein Charakter war ein Droh-Elf Blade. Die Blades waren eine Untergruppe der Barden-Klasse. Wenn er nicht über die Berge fuhr oder die Schwertküste erkundete, schrieb er Fantasy-Geschichten, die er auf seinen Tumblr veröffentlichte.

"Sag mal, schläfst du eigentlich nie?"

"Sebastian!"

Der junge Mann steckte das Smartphone in die Tasche. Dann sagte er: "Vier Stunden pro Nacht. Mehr brauch ich nicht."

Sebastian konnte sich nicht erinnern, jemals mit vier Stunden Schlaf ausgekommen zu sein.

"Sag mal: Wie alt bist du eigentlich?"

"Ich? 17. Im April werd ich 18."

"Krass."

"Ich bin hier aber schon seit anderthalb Jahren."

Sebastian holte eine Zigarette aus der Schachtel und zündete sie an.

"Machst du deine Lehre hier."

"Richtig. Zum Schlosser. Der Benni ist einer meiner Ausbilder."

"Macht er das gut?"

"Logo. Er ist der beste. Der will, dass wir einen guten Job machen."

"Ist das nicht normal?"

"Nee, gar nicht. Mein Bruder ist bei Vattenfall in Cottbus. Da soll's scheisse sein. Scheiss Klima, sagt er immer. Ich bin froh, dass ich hier bin. Deswegen demonstrieren wir ja auch."

"Klar."

"Soll ich das Tor aufmachen?"

"Ja, bitte."

Der junge Mann drückte auf den Knopf und das Tor fuhr hoch. Sebastian nahm noch zwei Züge von der Zigarette, dann huschte er unter dem Tor durch, ging durch die Halle zum Treppenhaus und nach oben. Als er in der Büro-Etage ankam, begrüßten ihn die ersten Arbeiter. Er ging bis zum Ende des Gangs und betrat das Büro, in dem er Benjamin am Tag zuvor getroffen hatte, ohne zu klopfen. Ein paar junge Männer saßen in dem Raum herum, aber es war ruhiger als noch am Vortag. Sie schauten überrascht zu Sebastian herüber.

"Oh, sorry. Hab vergessen anzuklopfen."

Benjamin stand vom Schreibtisch auf und nahm seine Brille ab.

"Nee nee, so förmlich geht's bei uns eh nicht zu."

"Ich wusste gar nicht, dass du ne Brille trägst."

"Bitte? Ich trag ne Brille seit ich zwölf bin! Ohne die bin ich blind wie ein Lurch. Ich hab nur meistens Kontaktlinsen drin."

"Is nicht wahr."

"Siehst du: So gut kennst du mich."

Benjamin kam herüber und gab Sebastian eine Umarmung. Dann drehte er sich zu den zwei jungen Männern auf der Couch.

"Habt ihr euch schon vorgestellt? Das hier ist der Sebastian."

Die jungen Männer standen auf, lächelten Sebastian zu und gaben ihm die Hand. Ähnlich dem jungen Mann am Tor, konnten beide nicht älter als 18 sein. Beide sagten "Mahlzeit."

"Mahlzeit? Ist es nicht erst 9?"

"Ach die spinnen!", sagte Benjamin. "Die haben zu viel Zeit in der Gießerei verbracht. Bei dem Krach wird man auf Dauer plemplem."

Sebastian lachte kurz, woraufhin die zwei jungen Männer rot wurden und sich wieder setzten.

"Mein Großer, siehst ja recht frisch aus heute", sagte Benjamin, der zurück zu seinem Schreibtisch ging. Sebastian ging ihm hinterher.

"Das liegt daran, dass ich mal nicht die ganze Nacht gesoffen hab."

"Nee, nee- ganz falsch. Das liegt an der Mittelgebirgsluft. Mit saufen hat das nichts zu tun."

"Du wirst lachen: So was Ähnliches hatte ich mir Vorgestern auch gedacht. Den Gedanken hab ich aber dann schnell wieder verworfen. "

"Willst du nen Kaffee?"

"Ja, das wär ganz gut."

Benjamin rief zu den jungen Männern hinüber: "Holst du Sebastian schnell einen Kaffee, Robi?"

"Klaro."

Der blonde der beiden stand auf und verließ den Raum.

"Setz dich doch."

Benjamin zeigte auf den Stuhl ihm gegenüber. Sebastian legte seinen Dufflecoat ab und setzte sich.

"Also: Ich hoffe, du hast es dir in der Nacht nicht anders überlegt."

"Nee, hab ich nicht. Aber was nicht ist, kann ja noch werden. Ich mach es eigentlich an dem Kaffee fest, der mich gleich erwartet."

"Was Besonderes wird er nicht sein. Normaler Filterkaffee halt."

"Das war nur ein Scherz."

"Achso. Na, dann bin ich ja froh. Hast du dich gestern noch mit Tante Heike getroffen?"

"Ja, oben im Gartenhaus."

"Und? Hat sie versucht, dich davon abzubringen für uns an den Verhandlungen teilzunehmen?"

"Ein wenig vielleicht."

"Das hab ich mir schon gedacht. Aber gut- solange sie damit keinen Erfolg hatte, kann's mir ja auch egal sein."

"Wieso vertraust du ihr eigentlich nicht genug, bei den Verhandlungen?"

"Wieso? Ist das nicht offensichtlich? Weil sie keine Phantasie hat. Sie macht das schon viel zu lange und hat schon zu viele Werke schließen sehen. Sie glaubt ja wirklich, dass ein Abfindungspaket schon ein tolles Angebot ist und die Arbeiter sich freuen sollen. Ich glaub das allerdings nicht. Ich glaub, es gibt noch ganz andere Lösungsmöglichkeiten. Aber gut: Dafür bist du ja jetzt da."

"Ich glaub, da traust du mir zu viel zu."

"Nee, nee- das glaub ich nicht. Außerdem hab ich da schon ein paar Ideen."

Der junge Mann kam wieder herein und stellte die Tasse Kaffee vor Sebastian auf den Tisch. Sebastian nahm einen Schluck und musste feststellen, dass Benni recht hatte: Der Kaffee war wirklich nichts besonderes.

"Okay gut", sagte Sebastian. "Lass uns deine Ideen aber erst nachher besprechen. Ich muss mir mal einen Überblick machen."

"Genau", erwiderte Benjamin und drehte die zwei Ordner, die vor ihm auf dem Tisch lagen um und schob sie zu Sebastian rüber.

"Ich hab dir hier mal das Wichtigste zusammen getragen. In dem einen Ordner hast du Daten zur Hütte: Was produziert wird, wer die Kunden sind, was unser Umsatz ist, unsere Kosten und der Gewinn. In dem anderen hast du die Pläne zur Schließung, so wie sie uns zugetragen wurden. Also den Zeitplan, Konditionen unserer Abfindung, und so weiter."

"Okay. super."

"Ja, geh das am besten alles mal durch und dann reden wir weiter."

"Hast du vielleicht ein separates Büro für mich?"

"Riechen wir dir zu streng?"

"Nee, das nicht. Aber ich brauch Ruhe, um mich konzentrieren zu können."

"Oioioi- da ist aber einer feinfühlig."

Sebastian lachte. Danach rollte er mit den Augen.

"Aber ja, klar. Du kannst das Büro vom Tobi haben. Der ist eh gerade mit den Interviews für die Presse beschäftigt."

"Ihr gebt jetzt Interviews?"

"Naja, warum nicht? Unsere Botschaft ist ja recht klar. Warum die nicht in die Welt raustragen."

"Ich bin mir nicht sicher, ob das vor den Verhandlungen so eine gute Idee ist."

"Ach- das werden wir sehen. Ich mach mir da erstmal nicht so ne Platte drüber. Komm!"

Sebastian und Benjamin gingen den Gang zwei Räume weiter. In dem Raum stand ein kleiner Schreibtisch und dahinter ein Stuhl. An den Wänden hingen Kalender mit Sportwagen aus den Jahren 2004, 2006, 2007.

"Tata!"

"Super- dank dir."

"Kein Problem. Und sag Bescheid, wenn du was brauchst. Ich bin in meinem Büro."

"Mach ich."

Sebastian betrat den Raum und schloss die Tür hinter sich. Er setzte sich an den Tisch, legte die Ordner vor sich hin und atmete tief aus. Dann drehte er sich zum Fenster und schaute hinunter auf dem Markt: Bratwurststände wurden aufgebaut und einige hundert Menschen wuselten auf dem Platz herum. Die Szene erinnerte Sebastian an die Kirmes, die jedes Jahr im August auf dem Platz stattfand.

Erinnerung an die Kirmes: Die Neuauflage der US-Amerikanischen Trickfilm-Serie "He-Man", namens "The New Adventures of He-Man" lief Samstags im deutschen Fernsehen. Zu dieser Trickfilm-Serie wurden Merchandise-Artikel hergestellt. Die erfolgreichsten Merchandise-Artikel waren bewegliche Puppen, gennant Action-Figuren. Diese Action-Figuren gab es eines Sommers beim Luftgewehrschießen der Kirmes zu gewinnen. Von jeden der Hauptcharakteren jeweils eine Figur: He-Man, sein Nemesis Skeletor,

Optik, Icarus, Vikar, Hadron. Sebastian wollte die He-Man-Figur. Für eine Figur brauchte man 50 Gewinnpunkte. Um sicherzugehen, dass er die He-Man-Figur bekam, fragte er den netten Mann hinter der Theke der Preisausgabe, mit dem seine Mutter die ganze Zeit sprach, ob er ihm nicht die Figur zurücklegen könnte. Der junge Mann willigte ein. Über die nächsten zwei Tage hinweg sammelte Sebastian genug Punkte für die Figur und nahm sie am Sonntagnachmittag in seinen Besitz. Die nächsten Tage verbrachte Sebastian mit dem Nachstellen verschiedener Szenen aus der Fernsehserie (nur gelegentlich dachte er sich neue Situationen aus). Genau eine Woche nach Erhalt der Figur geschah das Schreckliche: Sebastian legte sich aus versehen auf die Figur, die neben ihm auf die Couch lag. Das Schwert, He-Mans Signaturwaffe, brach entzwei. Sebastian weinte, als er die zwei Teile seiner Mutter hinhielt. Seine Mutter konnte das Schwert mit Allzweckkleber kleben, aber es war nie mehr das Selbe. Immer, wenn er das Schwert ansah sah er nur die Bruchstelle.

Nachdem Sebastian sich an der Menge satt gesehen hatte, drehte er sich wieder um, zündete sich eine Zigarette an und öffnete den ersten Ordner mit den Daten zur Hütte. Er ging durch:

Jahresabschluss 2007, 2008, 2009:
-Bilanz
-P&L: Profit And Loss Statement; Gewinn- und Verlustrechnung
-Rechtliche Verhältnisse

Genauer schaute er sich an:

-CAPEX: Capital Expenditure; Investitionskosten
-OPEX: Operational Expenditure; Operationskosten
-EBITDA: Earnings Before Interest, Taxes, Depreciation and Amortisation; Gewinn vor Zinsen, Steuern, Abschreibungen auf Sachanlagen und Abschreibungen auf immaterielle Vermögensgegenstände
-EBIT: Earnings Before Interest and Taxes; operatives Ergebnis oder Gewinn vor Zinsen und Steuern

(Um 13 Uhr bekam er zwei Brötchen, die mit Kochschinken, Käse und Gewürzgurken belegt waren. Sebastian machte sich Notizen und rauchte, gelegentlich holte er sich einen Kaffee.)

-Umsatz
-NOPBT: Net Operating Profit Before Taxes; operativer Gewinn vor Steuern
-NOPAT: Net Operating Profit After Taxes; operativer Gewinn nach Steuern
-ROI: Return On Investment; Kapitalrentabilität
-Cash Flow

Sebastian überflog:

-ROCE: Return On Capital Employed; Effizienz des vom Unternehmen eingesetzten Kapitals
-CFROI I + II: Cash Flow Return On Investment; Kennzahl zur Bestimmung der Rentabilität des operativen Geschäfts

Als Sebastian mit dem ersten Ordner durch war, war es bereits 16 Uhr. Er stand vom Tisch auf, schloss sein MacBook und packte es zusammen mit einem der Ordner in seinen Rucksack (den anderen trug er in der Hand). Dann ging er hinüber in Benjamins Büro.

"Sag mal: Wo hast du denn die ganze Unterlagen überhaupt her?"

"Sind vom Anhänger gefallen."

"Verstehe. Du- mein Kopf ist ein bisschen schwer. Ich brauch mal frische Luft. Ich werd den zweiten Ordner bei der Oma durchgehen."

"Soll ich dir noch nen Kaffee holen?"

"Nee nee- danke. Ich brauch wirklich frische Luft. Ich hab das nicht nur so daher gesagt."

"Okay, wie du meinst. Sehen wir uns heute nochmal?"

Sebastian schaute auf die Uhr.

"Mal schauen. Ich schreib dir, sobald ich mit dem zweiten Ordner durch bin."

"Passt."

Sebastian schloss die Tür hinter sich und ging zum Haus seiner Großeltern. Anstatt durchs Haus nach Hintendraußen zu gehen, sprang er wieder über den Zaun. Der Hund war da. Er fing an zu bellen und kam angerannt. Sebastian gab ihm seine Hand und er hörte mit dem Bellen auf. Die beiden gingen nach oben zum Gartenhaus. Als Sebastian die Tür öffnete, wartete er, dass der Hund als erster hineinging, aber das Tier schien kein Interesse zu haben. Sebastian ging allein hinein und schaltete das Licht an. Der Hund blieb weiterhin vor der Tür stehen. Sebastian schloss die Tür, baute sein MacBook auf und holte die Akten heraus. Als er das nächste Mal zur Tür schaute, war das Tier bereits verschwunden.

Die frische Luft hatte Sebastian tatsächlich gutgetan. Er nahm sich eine Flasche River-Cola aus dem Kühlschrank und öffnete den zweiten Ordner.

Die Schließung der Hütte soll in vier Etappen vonstatten gehen:

1. 50% der Belegschaft werden drei Monate nach Unterzeichnung der Einigung entlassen.

2. Die verbleibenden 50% beenden die noch offenen Aufträge, bekommen aber hierfür 1/3 länger Zeit (insgesamt 13 Monate).

3. Sobald die Aufträge erledigt sind, werden 45% der restlichen Belegschaft entlassen.

4. Die verbleibenden 5% sind Manager und Vorarbeiter. Diese werden die Übergabe aller wichtigen Dokumente und Prozesse an die chinesischen Mitarbeiter der PSP Group betreuen (voraussichtlich 12 Monate). Es besteht die Chance, dass einige Manager von der PSP Group China übernommen werden. Zugesichert wird dies allerdings ausschließlich nicht.

Alle Mitarbeiter erhalten ein Entschädigungspaket für ihre Arbeit in der Höhe von 24 Monatsgehältern. Zu Beginn der Verhandlungen waren es gerade einmal 12 Monate gewesen (darauf wurde in den Dokumenten ausdrücklich hingewiesen!).

Das war das letzte Angebot der PSP Group. Das letzte Angebot der Gewerkschaft, ausgearbeitet von Sebastians Tante Heike, sah folgendermaßen aus:

1. 35% der Belegschaft werden drei Monate nach Unterzeichnung der Einigung entlassen.

2. Die verbleibenden 65% beenden die noch offenen Aufträge, bekommen aber hierfür 1/3 länger Zeit (insgesamt 13 Monate).

3. Sobald die Aufträge erledigt sind, werden 45% der restlichen Belegschaft entlassen.

4. Die verbleibenden 20% sind Manager und Vorarbeiter. Diese werden die Übergabe aller wichtigen Dokumente und Prozesse an die chinesischen Mitarbeiter der PSP Group betreuen (voraussichtlich 12 Monate). Die verbleibenden Mitarbeiter bekommen Garantie auf eine Übernahme von der PSP Group China (ob die Mitarbeiter die Anstellung annehmen, bleibt den Mitarbeitern überlassen).

Alle Mitarbeiter erhalten ein Entschädigungspaket für ihre Arbeit in der Höhe von 36 Monatsgehältern.

Des weiteren fand Sebastian in dem Ordner:

-Lebensläufe der Angestellten
-Briefings
-Baupläne für Gussformen
-Technische Zeichnungen
-Produktlisten
-Produktbeschreibungen
-Vorschläge für die 400-Jahr Feier
-Ganz am Ende ein Memo von Benjamin (Es war ausgedruckt, aber Benni hatte handschriftlich dazu geschrieben: Für Sebastian): Dies sind die Forderungen der Arbeiter: Wir wollen keine Entschädigungspakete, wir wollen Arbeit! Vorschläge gegen die Schließung: Entweder Verkauf an einen neuen Besitzer ODER Übergabe des Betriebs an die Mitarbeiter der Hütte!

Als Sebastian das nächste Mal auf seine Uhr schaute war es kurz nach Mitternacht. Die Packung Gauloises war leer. Er nahm einen Hub aus seinem Asthmaspray, danach schrieb er Benjamin: Sehen uns heute nicht mehr.

Elf

Als der Wecker um 6 Uhr klingelte, war Sebastian noch immer im Gartenhaus und lag auf den Akten. Ihm war kalt. In der Nacht waren die Heizer ausgegangen. Neue Nachricht von Benjamin: Kein Problem. Hoffe, du hast was Gutes aus den Unterlagen ziehen können. Das wichtigste ist eh nur meine Notiz an dich am Ende :) Wir sprechen uns später und viel Erfolg heute. Sebastian packte alles so schnell er konnte zusammen und ging ins Haus um sich für den Tag fertigmachen. Er schaute kurz in der Küche rein, um Kaffee aufzusetzen, aber seine Großmutter war bereits wach und hatte das für ihn erledigt.

"Hast du etwas in der Hütte geschlafen?"

"Ich?"

"Wer denn sonst? Ist hier sonst noch jemand gerade reingekommen?"

"Nee", antwortete Sebastian. "Ich bin im Gartenhaus eingeschlafen."

"Na, du bist auch schön bescheuert."

"Irgendwie schon."

Sebastian schenkte sich eine Tasse ein, nahm einen Schluck, dann verließ er die Küche wieder, ging ins Bad und stieg unter die Dusche. Er duschte erst warm, dann Kalt, dann nochmal warm. Danach zog er wieder seinen Anzug an, darunter das weiße Hemd, auf dem immer noch der Blutfleck zu sehen war und das schon ein wenig nach Schweiß roch, aber noch nicht zu sehr - nahm er an - als dass es andere Leuten auffallen würde.

Wieder in der Küche, stand neben seiner Kaffeetasse eine Schale mit Brot und der Käseteller.

"Na da hat sich aber einer rausgeputzt", sagte seine Großmutter.

"Ich setz mich doch heute mit zu den Verhandlungen."

"Ach wirklich? Ich dachte, du wolltest mich ausführen."

"Haha."

"So vergesslich bin ich nun auch noch nicht."

"Das wollt ich damit nicht sagen."

"Iss erstmal was."

"Ich treffe mich mit Tante Heike zum Frühstück bei der Gisela."

"Dann iss halt zweimal. Aber du brauchst was im Bauch, bevor du das Haus verlässt."

"Bis zur Gisela sind es hundert Meter, Oma."

"Das spielt doch keine Rolle! Was wenn du eingeschneit wirst auf dem Weg? Dann hättest du dich über das eine Brot gefreut."

"Schon gut. Ich versteh schon."

Sebastian setzte sich, nahm einen weiteren Schluck Kaffee und machte sich ein Käsebrot. Während des Essens ging er auf seinem iPhone zunächst die Facebook-Posts der PSP Group durch. Letzter veröffentlichter Post: Myth: Glass block is too dated for interior or exterior design. Reality: These 20 modern spaces make a bold, beautiful statement with glass block. (Link zu dem Blog der Firma.) Unter jedem Post, der in den vorangegangen vier Wochen veröffentlicht wurde, gab es mehrere hunderte Kommentare von Unterstützern der Arbeiter von Obergrundbach. Sebastian machte Screenshots von den Eindrucksvollsten. Danach schaute er auf YouTube nach Videos zur Hütte. Auch hier gab es hunderte, welche die PSP Group in einem negativen Licht darstellten. Sebastian erstellte eine Liste ("Die Hütte") und sortierte einige Clips hinein.

Als er damit fertig war, verabschiedete er sich von seiner Großmutter und ging hinaus in den kalten Morgen. Es dämmerte bereits hinter den Bäumen, aber großteils war es noch dunkel. Auf dem Weg zur Gisela zitterte er.

Gisela hieß eigentlich Zum Alten Hirsch und war die einzige Gaststätte in Obergrundbach. Der Alte Hirsch wurde von allen Gisela genannt, da die Gaststätte Gisela Holm gehörte und sie trotz ihrer 72 Jahre hier noch täglich kochte. Unterstützt wurde sie dabei von ihrem Sohn und dessen Frau. Früher gab es noch zwei weitere Gaststätten in Obergrundbach - Bei der Hütte (benannt nach der

Nähe zur Hütte) und Der Kellerbock -, die allerdings nicht mehr existierten.

Auf Giselas Speisekarte fand man folgendes:

```
Ragout Fin
Schnitzel Wiener Art
Jägerschnitzel
Schnitzel nach Räuber Art
Spaghetti Bolognese
Wurstnudeln
Käsespätzl
Schweinebraten mit Sauerkraut, Thüringer Klößen, Bratensoße
Thüringer Rostbratwurst mit Sauerkraut, Klößen und Bratensoße
Einen kleinen Salat
Einen großen Salat
Das kleine Frühstück
Das große Frühstück
Spaghetti und Tomatensoße (für die Kleinen)
```

Als Sebastian in der Wirtschaft ankam, saßen seine Tante Heike und der Bürgermeister bereits am Tisch. Zu Sebastians Erleichterung sahen die beiden auch noch nicht allzu munter aus.

"Guten Morgen", sagte Sebastian, als er an den Tisch trat.

"Guten Morgen, Basti", sagte seine Tante Heike, schaute ihn dabei allerdings nicht an, sondern auf die Unterlagen vor ihr auf dem Tisch. Sie trug eine Brille und hielt in ihrer linken Hand eine Kaffeetasse und in ihrer rechten einen Kugelschreiber.

Der Bürgermeister stand auf und gab Sebastian die Hand.

"Guten Morgen! Na, ausgeschlafen?", fragte er und lächelte dabei Sebastian zu.

"Ich hatte schon längere Nächte."

"Na, da wird Ihnen ein Kaffee guttun. Sie trinken doch Kaffee, oder?"

"Zu viel. Aber Sie können mich gern duzen."

"Na, dann duzen wir uns doch. Ich bin der Olaf."

Der Bürgermeister reichte Sebastian noch einmal seine Hand.

"Sebastian."

Beide nickten. Danach schenkte der Bürgermeister Sebastian eine Tasse ein.

"Ich hoffe, du hast von deinem Benni alles Wichtige bekommen für heute", sagte Heike in einem gereizten Ton, der Sebastian an seine Mutter erinnerte.

"Nun, ich bin zumindest über den letzten Stand der Verhandlungen informiert."

"Hast du gesehen, wo wir gestartet sind? Das erste Angebot vom Huberts?"

"Ja, hab ich. Gab ne Steigerung von 100% was die Abfindung angeht. Nicht schlecht."

"Nicht schlecht, sagt er…", sagte Heike und schaute dabei hinüber zum Bürgermeister. "Das ist nicht nicht schlecht, das ist außergewöhnlich, mein Lieber Neffe."

"Ich denke, es ist ein guter Ausgangspunkt. Ich hab übrigens auch deinen letzten Vorschlag gesehen."

Heike nahm ihre Brille ab und schaute Sebastian in die Augen. "Über mein Gegenangebot brauchen wir im Moment nicht zu reden. Dir ist hoffentlich klar, dass Huberts sein letztes Angebot bereits zurückgezogen hat?

"Nein, war mir nicht klar."

"Das is passiert, als dein Cousin sich mit den anderen Chaoten dazu entschlossen hatte, die Hütte zu besetzen."

"Egal. Wir bekommen ein besseres."

Heike lachte laut auf. Dann sagte sie: "Und was macht dich da so sicher?"

"Nun", Sebastian nahm einen Schluck von dem Kaffee. "Ich hab mir vorhin mal die Reaktionen der Bevölkerung zu der ganzen Sache hier angesehen und da sieht es nicht wirklich rosig für die PSP aus. Hast du mal auf Facebook oder YouTube geschaut? Da geht ein ordentlicher Shitstorm rum. Die PSP, aber auch der Huberts als Person werden da ordentlich fertig gemacht. Und, nun ja, der Benni und seine Jungs sind zu ner Art Working Class Heroes aufgestiegen."

Heike nahm ebenfalls einen Schluck Kaffee. Dann sagte sie: "Ach die Medien! In ein paar Wochen ist das hier alles vergessen und die PSP macht weiter ohne einen großen Schaden davon zutragen."

"Möglich. Aber wer weiß? Vielleicht ja auch nicht."

"Ach, du Träumer! Denkst du, die scheissen sich ein wegen ein paar Kommentaren im Internet?"

"Naja, ich mein…"

"Ich glaub nicht. Aber egal. Unser Ziel für heute ist sowieso, dass wir erst einmal zurück zu dem letzten Angebot zu kommen. Kannst ja deinen sozialen Medien erwähnen, wenn du lustig bist. Mal schauen, was das bringt."

"Okay."

"Aber wenn du was versaust, darfst du das den Arbeitern erklären."

"Okay."

Als die drei aufgegessen hatten, machten sie sich auf den Weg zur Hütte. Zum ersten Mal nahm Sebastian den Haupteingang. Auf dem Weg dorthin, hielten die drei gelegentlich an, da Heike Mitarbeiter oder Bekannte begrüßen musste, die sich trotz der frühen Uhrzeit bereits auf dem Marktplatz versammelt hatten. Um kurz vor 9:00 Uhr betraten sie den Meetingraum im ersten Stock.

Ein einzelner Herr saß bereits am Tisch. Er trug einen dunkelblauen Anzug und tippte in sein ThinkPad. Als er Sebastian, Heike und den Bürgermeister herein kommen hörte, schaute er auf und sagte: "Oh, da sind sie ja schon."

Danach stand er auf, kam den dreien entgegen und gab ihnen die Hand.

"Mein Name ist Volkers. Ich bin einer der Berater von Herrn Huberts."

"Ich hab sie noch nie gesehen", entgegnete Heike.

"Nein, bei diesen Verhandlungen war ich bisher nicht dabei. Ich kümmere mich normalerweise um andere Angelegenheiten der PSP. Herr Huberts hatte mich aber gebeten - nach den Entwicklungen der letzten Tage -, dass ich mich auch diesem Thema annehme."

"Aha."

"Übrigens: Es tut mir leid Ihnen mitteilen zu müssen, dass Herr Huberts sich leider um ein paar Minuten verspäten wird. Er stand vorhin noch im Stau."

"Im Stau?", fragte der Bürgermeister.

"Ja, auf der A9."

"Bitte was? Dann braucht er ja noch mindestens eine Stunde", warf Heike ein.

"Das könnte sein. Wie lange braucht man denn von Saalfeld hierher?"

"Wie sind Sie denn hergekommen? Geflogen?"

Der Anwalt rang sich ein Lächeln ab. Dann sagte er: "Nein, aber ich bin schon seit drei Uhr auf den Beinen und habe mir im Wagen ein Nickerchen gegönnt."

"Verstehe. Nun: Man braucht ungefähr vierzig Minuten."

"Ich nehme an, dass Herr Huberts schneller hier sein wird. Wie gesagt, meine letzte Korrespondenz mit ihm liegt schon eine Weile zurück."

Der Anwalt ging zurück zu seinem Platz und setzte sich wieder. Heike und der Bürgermeister setzten sich ebenfalls an den Tisch.

"Ich geh mir dann noch ein wenig die Beine vertreten", sagte Sebastian.

Sebastian ging die Treppen nach oben zum Dach der Hütte, aber die Tür war verschlossen. Er ging wieder ein paar Stufen nach unten und zündete sich eine Zigarette an. Als er diese fast aufgeraucht hatte, hörte er wie im Erdgeschoss die Türen aufgingen und eine Gruppe von Personen herein kam.

"Meine Güte! Ich will mir nicht ausmalen, was hier am Nachmittag los sein wird", sagte einer der Herren.

"Vier Tage, Konrad", ein anderer.

Sebastian rauchte schnell auf und ging wieder nach unten. Die Herren und Sebastian erreichten den ersten Stock zur selben Zeit.

"Guten Tag", sagte Sebastian, doch die Herren reagierten nicht auf ihn. Er ging zurück in den Meetingraum.

Als die drei Herren den Raum betraten, sagte der älteste: "Frau Kunze, Herr Rother" und nickte dabei Heike, sowie dem Bürgermeister zu. Danach setzte sich der Herr an die Spitze des Tischs. Die beiden anderen Herren gingen herum und gaben die Hand.

"Guten Tag, Herr Huberts", sagte Heike. "Schön, dass sie den Weg gefunden haben."

"Ja, die Verspätung tut mir leid. Stau."

Huberts schaute dabei Heike nicht an, sondern packte seine Unterlagen auf dem Tisch aus. Auch Huberts trug einen dunkelblauen Anzug. Dazu ein weißes Hemd. Keine Krawatte.

Als er mit dem auspacken fertig war und sich alle gesetzt hatten, fragte Huberts: "Und wer sind Sie?" Dabei schaute er Sebastian musternd an.

"Sebastian Krauße. Herr Benjamin Lichte hat mich gebeten, den Verhandlungen beizuwohnen."

"Äh, ja und?", Huberts schaute in die Runde. "Herr Lichte kann so viele Leute wie er will bitten an den Verhandlungen teilzunehmen. Dass heißt noch lange nicht, dass Sie das auch dürfen. Daher würde ich Sie freundlichst bitten, das Zimmer so schnell wie möglich zu verlassen, ja?"

Huberts schaute auf seine Unterlagen und öffnete einen Ordner.

"Herr Lichte hat mich außerdem gebeten", begann Sebastian, "Ihnen mitzuteilen, dass, sollte ich der Räumlichkeiten verweisen werden, er egal was in den nächsten Tagen hier beschlossen wird, nicht anerkennen wird."

Huberts schaute wieder auf. Dann lehnte er sich in seinen Stuhl nach hinten und rieb sich die Stirn.

"Bitte? Ich verstehe Sie leider immer noch nicht so recht. Als Vertretung der Gewerkschaft haben wir Frau Kunze hier, dachte ich."

"Herr Lichte hätte gern noch eine weitere Partei mit am Tisch."

Huberts rollte mit den Augen. Dann fragte er: "Arbeiten Sie hier?"

"Äh… nein."

"Und wieso hat Herr Lichte dann ausgerechnet Sie ausgewählt?"

Sebastian schaute sich kurz im Raum um, dann sagte er: "Nun, ich bin sein Cousin."

Huberts zog seinen Augenbrauen hoch und senkte seinen Kopf.

"Das ist nicht Ihr Ernst, oder?"

"Ähm… doch."

"Mit wie vielen aus dieser Familie muss ich mich denn noch herumschlagen!"

Huberts schaute zu Heike.

"Sind Sie nicht auch mit Herrn Lichte verwandt?"

Heike nickte.

"Mann, mann, mann."

Huberts atmete tief aus. Dann schaute er zu dem Herrn an seiner rechten Seite und schüttelte seinen Kopf.

"Nun gut- wenn es der Herr Lichte unbedingt so haben muss, dann bitte. Ich hoffe, Sie… wie war Ihr Name?"

"Krauße. Sebastian Krauße."

"Ich hoffe, Sie sind über unser letztes Angebot informiert."

"Ja, das bin ich", antworte Sebastian.

"Gut, denn das ist ja vom Tisch."

Das erste konkrete Investment-Angebot in Sebastians Firma kam von Johann. Johann selbst: 33, Schweizer. Der Kontakt kam folgendermaßen zustande:

Über Sebastian und Eriks Anwalt O. (Partner einer großen Medienkanzlei mit Büros in Berlin und Köln) wurden die beiden W. vorgestellt. W. war Sänger, Gitarrist und Songwriter einer deutschen Band gewesen, die Mitte der neunziger einen Nummer Eins Hit hatten, der auch heute noch auf vielen europäischen Radiosendern in der Rotation läuft, und von dessen Alimenten W. gut leben konnte. Auch an W. war der Startup-Boom in der Hauptstadt nicht vorbei gegangen und da er ein paar hunderttausend herumliegen hatte, entschloss er sich dazu Investor zu werden. Da W. allerdings nicht sonderlich viel von der Materie verstand, fragte er einen Bekannten, ob er nicht bei dem Treffen zugegen sein und W. bei der Einschätzung der Firma helfen konnte. Dieser sagte zu, brachte aber einen weiteren Freund mit zu dem Meeting. Getroffen wurde sich im Soho, der Freund war Johann.

Johann arbeitete zu dieser Zeit bei einem Londoner Startup, das wenige Wochen zuvor an einen amerikanischen Medienkonzern für fast 200 Millionen Pfund verkauft wurde. Da Johann einer der ersten Angestellten dieser Firma war, hatte er ein paar wenige Anteile an dem Unternehmen. Der Wert seiner Anteile beim Verkauf: 1.2 Millionen Euro.

"Jungs!", rief W. von der Couch herüber, als er Sebastian und Erik in der achten Etage ankommen sah.

Die beiden gingen zu ihm hinüber. Man gab sich die Hand und klopfte sich auf den Rücken. Alle waren in guter Stimmung.

"Sorry, dass wir zu spät sind", sagte Erik und stellte seine Laptoptasche ab.

"Kein Problem, kein Problem! Wir sind auch gerade erst rein."

Die Gläser auf dem Tisch waren bereits leer.

"So Jungs- kurze Vorstellungsrunde würde ich sagen: Das hier ist der P.", sagte W. und wies auf einen Herrn in seinen Dreißigern. Rasiert. Gebräunt. Kurze Haare. Weißes Hemd. Sehr weißes Lächeln. Ps LinkedIn-Profil:

Current: Partner at BlueRidge Solutions GmbH
Previous: Ernst & Young GmbH, WHU – Otto Beisheim School of Management

"Freut mich", sagte Sebastian und gab P. die Hand.

"Und das hier ist der Johann."

Ebenfalls kurze Haare. Gebräunt. Weißes Hemd. Johann hatte allerdings das Hemd nicht in der Hose, sondern ließ es heraushängen. Er trug Badeshorts und hatte eine RayBan-Aviator in den Haaren.

"Freut mich", sagte Sebastian auch zu Johann. Anders als P., stand Johann jedoch nicht auf.

"Ja, gleichfalls, gleichfalls. Setzt euch doch."

Sebastian und Erik setzten sich.

"Sorry Jungs, dass ich euch hier mit den beiden so quasi überrumple, aber die beiden sind in der Stadt und hatten Lust auf ein kühles Getränk. Ihr wisst ja wie das ist."

W. lachte kurz auf.

"Kein Problem", sagte Erik und lächelte in die Runde.

"Wollt ihr was trinken?"

"Was habt ihr denn?".

"Wir genehmigen uns Old Fashioned."

"Ja, das klingt gut, oder?

Erik schaute Sebastian an.

"Ja, auf jeden."

"Ja, dann nehmen wir das auch."

W. hob seinen Arm und rief: "Nathalie, kommst du mal bitte, Liebes!"

Die Bedienung kam herüber und lächelte in die Runde. Sebastian war mit ihr bekannt. Sie war ein Jahr zuvor aus Stuttgart nach Berlin gezogen, arbeitete drei Mal in der Woche im Soho und legte am Wochenende auf Privatparties auf. Ihr Ziel für den nächsten Sommer: Auf Open Airs aufzulegen. Noch fehlte ihr allerdings dafür das Netzwerk.

"Machst du nochmal bitte fünf Old Fashioned für mich und die Jungs?"

"Gern doch. Wollt ihr eigentlich was essen?"

"Nee, lass mal. Wir warten noch ein bisschen", antwortete W., ohne den Rest des Tischs zu konsultieren.

"Und- dann erzählt mal was ihr eigentlich macht?"

Sebastian und Erik stellten die Firma vor. Dabei wurde getrunken. Als der erste Old Fashioned alle war, wurde eine weitere Runde bestellt. Als auch diese zu Ende war, eine dritte. Kurz bevor die dritte Runde ausgetrunken war, waren Sebastian und Erik mit dem Pitch fertig.

"Klingt ja ganz geil", sagte P.

"Oder? Mega geil, find ich das", stimmte W. bei.

Als der vierte Old Fashioned gebracht wurde, entschuldigte sich Sebastian, da er eine Zigarette rauchen wollte. Johann schloß sich ihm an. Die beiden gingen zum Zaun und schauten hinüber auf den Alexanderplatz.

"Sucht ihr noch mehr Investoren?", fragte Johann.

Die Verhandlungen mit Huberts dauerten knappe fünf Stunden. Sebastian hörte die meiste Zeit nur zu. Zwei Mal ging er in die Küche neben dem Meetingraum, um neuen Kaffee aufzusetzen. Vier Mal ging er mit einem der jüngeren Kollegen von Huberts (Herr Tobias Bonner, Anwalt) ins Treppenhaus rauchen.

Gegen 16 Uhr sagte Huberts: "Na dann hoff ich mal, dass Sie diese Position auch Herrn Lichte klarmachen können."

"Ich auch", erwiderte Heike.

Man hatte sich vorerst geeinigt: Das letzte Angebot der PSP war wieder auf dem Tisch.

"Dann werd ich das mal intern kommunizieren. Da ich heute noch ein paar andere Dinge zu erledigen habe, würde ich vorschlagen, wir warten jetzt einmal die Reaktion der Belegschaft ab und treffen uns dann am Mittwoch wieder."

"Am Mittwoch?", fragte Heike. "Hatten wir nicht drei Verhandlungstagen vereinbart. Montag, Dienstag und Mittwoch?"

"Hatten wir, Frau Kunze. Aber ich muss morgen leider nach Brüssel."

Als sich alle verabschiedet und Huberts und seine Kollegen unter Pfiffen das Gelände wieder verlassen hatten, sagte Heike: "Naja, das war ja schonmal ein guter Anfang."

"Ist nur leider nicht, was Benni will."

Heike erwiderte nichts, sondern räumte ihre Unterlagen zusammen. Sebastian auch.

Als Sebastian in Benjamins Büro ankam war es hektisch in dem Raum; junge Männer redeten durcheinander, außer Benjamin saß niemand.

"Und- wie lief's?", rief Benjamin herüber, als er Sebastian durch die Tür kommen sah.

"Das letzte Angebot ist wieder auf dem Tisch. Das mit den 24 Monaten Abfindung."

"Was ist mit den Punkten, die ich dir geschrieben hatte?"

"Konnte ich noch nicht besprechen. Ich musste erstmal schauen, wie das überhaupt so läuft."

"Verstehe."

"Am Mittwoch dann."

"Du weißt, was auf dem Spiel steht."

Heike betrat den Raum und ging direkt zu den beiden.

"Hast du deinem Cousin schon erzählt, wie es gelaufen ist?"

"So ungefähr", sagte Sebastian.

"Also Benni, das letzte Angebot ist wieder auf dem Tisch."

"Hab ich grad gehört", sagte Benjamin.

"Ich denke, dass ich es am Mittwoch noch ein wenig höher bekommen kann. Definitiv aber nicht so hoch wie ursprünglich geplant. Das hat deine Aktion hier leider kaputtgemacht."

"Wir werden es nicht akzeptieren, Heike."

"Und ob du wirst, mein Lieber! Wenn ihr das nicht annehmt, gehen alle - aber auch wirklich alle! - Angestellten hier leer aus. Vielleicht zeigt er euch sogar noch an wegen Hausfriedensbruch und ihr geht für ein paar Wochen in den Knast."

"Wir werden es nicht akzeptieren, Heike."

"Hör mal, du lässt jetzt gefälligst deine Ego-Scheisse mal sein und überlegst dir genau, was du hier abziehst. Ich setz mich am Mittwoch nochmal für die Hütte an den Tisch, aber das Angebot, was dann kommt, nehmt ihr besser an."

"Wir werden es nicht akzeptieren, Heike."

"Herrgott nochmal! Dann kann ich nichts mehr für euch Spinner tun und ihr müsst mit den Konsequenzen leben."

"Müssen wir so oder so."

"Was auch immer. Wir sprechen uns dann am Mittwoch nochmal."

Heike verließ den Raum. Als sie die Tür hinter sich zugeschlagen hatte, fragte Benjamin: "Willst du ein Bier?"

Zwölf

Am nächsten Morgen schneite es leicht. Sebastian schaute auf sein iPhone: Der Akku war nur zu 68% geladen, obwohl es eingesteckt war. Sebastian zog das Kabel heraus und steckte es wieder hinein, aber das Telefon begann nicht zu laden. Er stand auf, zog das Ladegerät aus der Steckdose und steckte es in eine andere, aber keine Veränderung. Sebastian ging ins Bad und probierte es an den Steckdosen dort, aber auch hier keine Reaktion. Das Kabel hatte die letzten Tage wohl nicht überstanden. Sebastian stieg unter die Dusche, wusch sich und putzte seine Zähne. Danach ging er wieder ins Gästezimmer, zog seinen Anzug an und das ehemals weiße Hemd. Das Hemd roch mittlerweile stark. Er würde sich ein neues kaufen müssen. Zum Glück, dachte Sebastian, musste er an diesem Tag nach Saalfeld. Dort würde er schon ein Ladegerät und ein Hemd finden.

Der Kaffee war bereits zubereitet, als Sebastian die Küche betrat, und auf dem Tisch lag eine Notiz: Bin in Suhl beim Opa. Der Bernd fährt mich. Sebastian schaute auf die Küchenuhr. Es war Viertel nach Acht. Eigentlich hatte Sebastian damit gerechnet, dass sein Onkel ihn nach Saalfeld fahren würde, es aber versäumt, ihn danach zu fragen.

Sebastian schmierte sich wieder zwei Käsebrote. Diesmal gab er ein wenig von seiner Großmutter eingemachte Stachelbeermarmelade über den Edamer. Als er das erste Brot gegessen hatte, suchte er nach einem Busfahrplan. In der ersten Schublade fand er nur Stifte, Scheren, alte Klebstifte. In der zweiten Schublade Kreuzworträtselheften, umgeben von mehr Stiften und Scheren. Die dritte Schublade war leer. Mehr Schubladen gab es in der Küche nicht.

Er setzte sich wieder und aß das zweite Brot. Danach schenkte er sich eine Tasse Kaffee ein und schaute auf seinem iPhone nach dem Busfahrplan. Die Busse fuhren hier einmal stündlich und der nächste um 8:26 Uhr. Diesen würde er nicht schaffen, was bedeutete, dass er sich verspätete (der Termin mit dem Anwalt war auf 10 Uhr angesetzt). Sebastian wählte die Nummer des Anwalts und ließ es auf Lautsprecher klingeln. Es klingelte sechs mal, ohne Antwort. Ein Anrufbeantworter schaltete sich nicht ein. Sebastian ließ es noch acht weitere Male klingeln, dann legte er auf.

Sebastian ging mit seiner Tasse ins Wohnzimmer, setzte sich auf den Sessel seines Großvaters und schaltete den Fernseher an. Eurosport war eingestellt. Es lief Biathlon. Die Zusammenfassung der letzten Tage: Eine Finnin hatte im slowenischen Pokljuka gewonnen, auf dem zweiten Platz landete eine Französin. Sebastian schaute den Damen zu, wie sie auf Ski aneinander vorbeifuhren und danach mit ihren Gewehren auf Ziele schossen. Dabei trank er Kaffee. Sebastian konnte sich nicht erinnern, dass sein Großvater jemals etwas anderes geschaut hatte als Sport und Volksmusiksendungen.

Um 8:45 Uhr schaltete er den Fernseher aus und stellte die Tasse in die Spüle. Danach zog er seinen Dufflecoat über und verließ das Haus.

Als Sebastian bei der Bushaltestelle an der Hütte ankam, sah er einen Hinweis, der besagte, dass die Haltestelle aufgrund des Streiks momentan außer Betrieb ist und man die Haltestelle am Ortsausgang nehmen sollte. Sebastian war sich nicht sicher, wie lang er bis zu der Haltestelle brauchen würde, also fing er an schneller zu laufen.

Als nach zehn Minuten die Haltestelle in Sichtweite kam, sah Sebastian bereits den Bus in der Ferne halten. Er winkte, doch der Fahrer schien ihn nicht zu sehen. Der Bus fuhr los, Sebastian entgegen. Sebastian hielt an und schnappte nach Luft, dabei immer noch mit beiden Händen winkend. Nach ein paar Sekunden nahm der Fahrer ihn wahr und gab Lichthupe.

"Na, da ist wohl einer spät dran?", sagte der Fahrer, als Sebastian den Bus betrat.

"Kann man so sagen. Ich war erst bei der Station an der Hütte…"

"Jaja, also die fahren wir zurzeit nicht an. Da staut's sich ja wegen den Chaoten."

Sebastian holte seinen Geldbeutel heraus.

"Wo wollen Sie denn hin?"

"Nach Saalfeld."

"2€."

Sebastian hatte noch ein Stück und gab es dem Fahrer. Dieser warf es in das Pult neben ihm. Die Maschine arbeitete kurz, dann gab der Fahrer Sebastian sein Ticket.

Außer Sebastian war kein anderer Gast im Bus. Kurz überlegte er sich ganz nach hinten zu setzen, entschied sich dann allerdings für den Platz ganz vorn, links vom Fahrer.

"Sind Sie auch hier um sich die Demonstration anzuschauen?"

"Nein, eigentlich bin ich hier für ne Beerdigung."

"Da haben Sie sich aber ne gute Zeit ausgesucht."

"Den Todeszeitraum konnte ich leider nicht frei wählen."

Der Busfahrer reagierte darauf nicht, sondern sagte: "Jaja, die Obergrundbacher. Die brauchen immer eine Extrawurst!"

"Was meinen Sie?"

"Naja, wissen Sie wie viele Werke hier in den letzten Jahren geschlossen wurden?"

"Ne ganze Menge?"

"Richtig. Und von denen hat sich auch keiner so angestellt, wie die Obergrundbacher."

"Aber finden Sie es nicht richtig, dass sie für ihre Sachen kämpfen?"

"Ach- richtig oder nicht richtig. Das ist mir eigentlich recht egal. Mir geht's nur darum, dass es für die Obergrundbacher immer anders gehen muss, als für die anderen."

Sebastian nickte.

Nach einer Weile - der Bus war mittlerweile zwischen den Dörfern - sagte der Busfahrer: "Mein Beileid übrigens."

"Danke."

"War die Beerdigung in Obergrundbach?"

"Nee- die war in Schmiedfeld."

"Ach, in Schmiedefeld?"

"Ja."

"Sehen Sie- die Schmiedefelder haben auch nicht so ein Trara gemacht, als das Schaumglaswerk vor ein paar Jahren dichtgemacht hat."

"Waren dort auch so viele Arbeitsplätze betroffen?"

"Das spielt doch keine Rolle! Aber die Schmiedefelder haben sich auch damit arrangieren können, warum sollen das die Obergrundbacher nicht auch?"

"Naja, wenn sie nicht wollen. Vielleicht ist es manchmal ganz gut, wenn man für seine Sache kämpft."

Sebastian schaute aus dem Fenster. Der weiße Wald zog vorbei, gelegentlich ein eingefrorenen Bach und immer wieder kleine Siedlungen. Die Fassaden der Häuser waren mit Schiefer verkleidet, aus den Schornsteinen kam weißer Rauch.

Der Bus war schon fast in Saalfeld angekommen, als der Fahrer fragte: "Wo müssen Sie denn hin? Zum Bahnhof?"

"Nein, nein - zum Anwalt."

"Geschäftliches?"

"So ungefähr."

"Wo ist denn der Anwalt?"

"Also das Viertel kann ich Ihnen nicht sagen. Tut mir leid."

"Wissen Sie denn die Strasse?"

"Ähm- einen Moment."

Sebastian holte sein iPhone heraus und schaute nach: "Auf der Sonneberger Strasse."

"Ach auf der Sonneberger Strasse? Na, das liegt doch auf dem Weg. Da kann ich Sie direkt davor rauslassen."

"Ernsthaft?"

"Sicher. Wie Sie sehen sitzen Sie allein im Bus."

"Vielen Dank!"

"Kein Problem."

Als der Bus die Hausnummer erreicht hatte, hielt er an. Sebastian bedankte sich und wünschte den Busfahrer noch einen guten Tag.

"Und ein frohes Fest!", erwiderte der Busfahrer.

"Ach ja- stimmt. Ihnen auch. Und guten Rutsch dann noch hinterher."

"Machen Sie's gut."

Die Sonne war durchgebrochen und es hatte aufgehört zu schneien. Sebastian holte sich eine Zigarette aus der Packung und zündete sie an. Dann schaute er auf seine Armbanduhr. Es war genau zehn. Er ging zum Eingang des Einfamilienhauses. Auf dem Klingelschild stand: Erdgeschoss Straube Rechtsanwälte, 1. OG Familie Straube. Während Sebastian rauchte, fragte er sich, wie es wäre, in dem selben Haus zu arbeiten, in dem man lebt. Wie es wäre, die meiste Zeit seines Lebens auf den gleichen 200qm zu verbringen?

Als er sich gerade umgedreht hatte, um den vereinzelten Wagen hinterherzuschauen, die auf der Sonneberger Strasse vorbeifuhren, klopfte es hinter ihm. Sebastian drehte sich um und sah eine ältere Dame hinter der Scheibe der Tür ihm zuwinken und lächeln. Danach öffnete Sie die Tür.

"Guten Morgen", sagte die Frau in freundlichem Ton. "Sie müssen Herr Krauße sein, richtig?"

"Richtig", erwiderte Sebastian und die Dame reichte ihm die Hand.

"Aber kommen Sie doch rein, Herr Krauße. Hier draußen ist es doch kalt."

"Sofort. Ich rauch nur noch schnell auf."

"Ach, Sie können auch hier drin rauchen. Der Herr Straube raucht doch auch, wissen Sie."

"Ah- verstehe. Aber ich glaub, ich rauch doch lieber hier zu auf."

"Wie Sie möchten."

Sebastian nahm noch zwei Züge, ging dann vor zur Strasse und warf die Kippe auf den matschigen Asphalt. Die ganze Zeit über hielt die Sekretärin Sebastian die Tür geöffnet und lächelte.

Sebastian klopfte den Schnee von seinen Schuhen. Dann betrat er das Haus und zog seinen Dufflecoat aus.

"Geben Sie den mir", sagte die Sekretärin und nahm Sebastian den Mantel aus der Hand.

"Wollen Sie etwas trinken?", fragte sie, während sie den Mantel an einem hölzernen Kleiderständer bei der Eingangstür hängte.

"Einen Kaffee vielleicht?"

"Aber gern doch! Mach ich Ihnen. Herr Straube muss auch jeden Moment da sein. Er ist momentan ein wenig im Weihnachtsstress und musste noch etwas erledigen."

"Kein Problem. Ich hätte mich auch beinahe verspätet, aber dann war der Busfahrer so nett, mich direkt hier abzusetzen."

"Aha", erwiderte die Sekretärin, ohne darauf einzugehen.

"Setzen Sie sich doch schon ins Büro, Herr Krauße. Einfach geradeaus."

Im Zimmer des Anwalts, stellte Sebastian seinen Rucksack ab und schaute sich um: An den Wänden hingen gerahmte Puzzle-Versionen bekannter Werke von van Gogh (De sterrennacht), Monet (La Terrasse à Sainte-Adresse) und Seurat (Un dimanche après-midi à l'Île de la Grande Jatte), sowie diverse Pin-Bords, an die kleine Zettelchen geheftet waren. Auf dem Schreibtisch stand ein Flatscreenmonitor, diverse Fotos, ein Becher mit Kugelschreibern und voll Aktenablage.

"Und hier ist Ihr Kaffee, Herr Krauße", sagte die Sekretärin, als sie Sebastian den Kaffee brachte und auf den Schreibtisch des Anwalts abstellte.

"Darf ich Ihnen sonst noch etwas anbieten? Vielleicht ein paar Plätzchen?"

Obwohl Sebastian keinen großen Hunger hatte, dachte er, dass ihm ein wenig Zucker vielleicht nicht schaden könnte.

"Ja, gern."

Sebastian ging hinüber zum Tisch und schaute sich die Fotos an: Auf einem der größeren Fotos waren zwei Herren beim Angeln zu sehen. Neben den beiden stand ein Kasten Saalfelder Premium Pilsner. Auf einem kleineren Foto sah man einen der beiden Herren (Herr Straube, nahm Sebastian nun an) mit einer jungen Frau, die dem Herrn einen Kuss auf die Wange gab. Sebastian fand, dass die junge Frau recht gut aussah - zumindest bis hin zur Taille hin, wo das Bild aufhörte. Sebastian nahm an, dass es sich bei ihr wohl um Herrn Straubes Tochter handelte.

"So- Ich hoffe, die werden Ihnen schmecken", sagte die Sekretä-rin, als sie wieder das Zimmer betrat. Sie stellte einen kleinen Teller mit vier verschiedenen Kekssorten vor Sebastian ab.

"Vielen Dank!"

"Ich hoffe, die werden Ihnen schmecken", wiederholte sie und ging wieder.

Sebastian nahm sich einen der Kekse, welcher die Form einer Banane hatte. Es war ein Vanille-Kipferl, wie ihn auch seine Mutter früher gebacken hatte. Seine Mutter backte seit Jahren nicht mehr, da sie Zucker mittlerweile ablehnte.

Als sich Sebastian einen weiteren Keks nehmen wollte, hörte er wie jemand durch die Haustür herein kam und von der Sekretärin begrüßt wurde.

"Herr Krauße, schauen Sie mal!", hörte Sebastian eine männliche Stimme ihn aus dem Empfangsraum her rufen. Sebastian stand auf und ging hinüber. In mitten des Raumes stand Herr Straube und hielt eine Tanne, die fast bis zur Decke reichte.

"Ist das nicht ein Traum-Exemplar?"

Sebastian fand ebenfalls, dass es ein sehr schöner Baum war.

"Ja, schon", erwiderte er.

"Oder? Der Wahnsinn!"

Das Gesicht von Herrn Straube war ganz rot und verzerrt von einem breiten Grinsen. Sebastian konnte nicht sagen, ob das Grin-sen von der Kälte kam oder von der Freude über den Baum.

"Ich hoffe, Sie mussten nicht zu lange warten, Herr Krauße."

"Nein, nein- keine Sorge."

"Ich musste nun aber wirklich endlich den Baum holen. Meine Frau hätte mich sonst erwürgt."

"Kein Problem."

"Sie glauben ja nicht, wie die manchmal sein kann."

Herr Straube stellte den Baum an die Wand. Nadeln fielen zu Bo-den.

"So- dann wollen wir uns mal begrüßen!"

Herr Straube kam zu Sebastian herüber, nahm seine Handschu-he ab und gab Sebastian die Hand. Der Händedruck war kräftig und die Hand warm.

"Freut mich!"

"Mich auch", antwortete Sebastian.

"Schade, dass man sich unter solchen Umstände… nun ja- Sie wissen schon."

Herr Straube zog seine North Face-Jacke aus, dann sagte er: "Na, dann wollen wir mal, oder?"

Die beiden gingen ins Büro.

"Waren Sie schon einmal bei einer Testamentsverlesung?", fragte Herr Straube, als die beiden am Tisch in dessen Büro Platz genommen hatten.

"Nein, bei noch keiner."

"Eine Jungfrau, also. Soso."

Herr Straube schaute Sebastian erwartungsvoll an. Sebastian lachte kurz auf.

"Haben Sie einen Ausweis dabei?"

"Nur meinen Reisepass."

"Der tut's auch."

Sebastian holte seinen Reisepass aus dem Rucksack und legte ihn auf den Tisch. Herr Straube nahm ihn sich und schaute hinein. Er schaute sich das Foto an, dann Sebastian, dann wieder das Foto.

"Ganz schön gealtert, Herr Krauße. Wann wurde der denn erstellt?"

"Letztes Jahr."

"Eieiei. Viel Stress gehabt? Die Frauen vielleicht? Mir können Sie es sagen."

"Vielleicht ein bisschen viel gearbeitet."

"Da müssen Sie vorsichtig sein, Herr Krauße. Nicht dass Sie mit… wie alt sind Sie jetzt?"

"Siebenundzwanzig."

"Nicht, dass Sie mit Dreißig Ihren ersten Herzkasper bekommen. Das wär gar nicht gut! Oder vielleicht sogar mit den Nerven! Man hört das ja immer wieder. Der Burnout geht um. Gerade bei jungen Leuten. Ich seh das ja an meiner Tochter- was ihre Generation leisten muss! Unglaublich. Erstaunlich, aber unglaublich eigentlich."

"Ähm…"

"Aber gut: Zurück zum Geschäft."

Herr Straube nahm eine Akte aus der Ablage, öffnete diese und nahm einen Zettel heraus. Danach setzte er sich eine Brille auf und begann vorzulesen.

"Testament des Erhard Krauße. Im Falle meines Todes hinterlasse ich all meinen Besitz an meinen Enkel und alleinigen Erben Sebastian Krauße."

Herr Straube schaute auf und Sebastian an.

"Das sind Sie, richtig?"

Sebastian war sich unsicher, ob Herr Straube einen weiteren Scherz machte oder das Teil der Prozedur war, also antwortete er wahrheitsgemäß mit: "Ja."

"Gut. Dann wissen Sie Bescheid. Jetzt gibt es nur noch einen Punkt zu klären: Wollen Sie das Erbe antreten oder nicht?"
Herr Straube setzte seine Brille wieder ab und lehnte sich in seinem Stuhl zurück. Dabei schaute er Sebastian an. Seine Miene auf einmal seltsam ernst.

"Nun, das kommt darauf an. Ich wurde vom Cousin meines Großvaters darauf hingewiesen, dass mein Großvater Schulden hatte. Eventuell sogar recht beträchtliche. Wissen Sie - als sein Anwalt - mehr darüber?"

"Nun, Herr Krauße- ich will ehrlich mit Ihnen sein:"
Herr Straube machte eine Pause und schaute auf das Testament. Dann schaute er wieder Sebastian an.

"Ja, Ihr Großvater hatte Schulden. In welcher Höhe sich diese Schulden allerdings genau belaufen, kann ich Ihnen nicht sagen. Von dem, was ich von Ihrem Großvater weiß, nehme ich an, dass wir hier über Schulden im mittleren, vierstelligen Bereich sprechen. Also nichts, über das man sich übermäßig Sorgen machen müsste."
Sebastian sah Herrn Straube verwundert an.

"Ach ja? Der Cousin hat gemeint, dass die Schulden höher sein müssten. Bedeutend höher sogar."

"Was hat Ihnen denn der Herr Wenzel erzählt? Über den sprechen wir doch, oder? Herrn Erwin Wenzel?"

"Ja, genau. Nun- es geht wohl hauptsächlich um die Baufirma, bei der mein Großvater Geschäftsführer war…"

"Ach, diese alte Geschichte!", erwiderte Herr Straube und winkte mit ab. Danach lehnte er sich in seinen Bürostuhl zurück.

"Sehen Sie, Herr Krauße. Das mag schon sein, dass da einmal große Schulden waren, aber das ist schon Jahre her. Da würde ich mir an Ihrer Stelle gar keine Gedanken machen."

Sebastian war nicht recht klar, was er mit dieser Information anfangen sollte. Herr Straube schien die Schulden weder zu bestätigen noch zu dementieren.

"Naja, Gedanken werd ich mir schon machen dürfen", entgegnete Sebastian, woraufhin Herr Straube sich wieder vorbeugte und einen väterlichen Ton anschlug.

"Ja, sicher dürfen Sie das. So war das nicht gemeint. Ich versteh auch, dass das für Sie schwierig sein muss. Als alleiniger Erbe. Und dann auch noch so jung! Aber an Ihrer Stelle, würde ich mir da von der Verwandtschaft nicht reinreden lassen. Ihr Großvater hinterlässt Ihnen schöne Grundstücke und einen Wagen wohl auch, nicht wahr?"

"Ich habe keinen Führerschein."

"Achso. Aber gut- dann verkaufen Sie den Wagen halt. Damit sollten Sie auch das Geld für die Schulden, die mir bekannt sind, zahlen können."

"Welche Schulden sind Ihnen denn bekannt?"

Herr Straube schaute wieder in die Akte und blätterte darin herum.

"Nun, zum einen gibt es hier ein Sky-Abo, welches abgeschlossen wurde, damit Ihr Großvater Sport schauen konnte. Dieses wurde allerdings nie bezahlt und hier sind knapp 300€ offen. Dann gibt es hier noch eine offene Rechnung für den Lift, der für Ihre Großmutter installiert wurde, in Höhe von 600€. Und dann - darauf muss ich leider bestehen - hat Ihr Großvater noch ein paar offene Rechnungen bei mir. Diese belaufen sich auf insgesamt 4.213€." Sebastian überlegte für einen Moment, dann lehnte auch er sich im Bürostuhl zurück.

"Verstehe. Daher weht also der Wind."

"Ja, also…", begann Herr Straube, dann überlegte auch er für einen Moment, bevor er fortfuhr: "…ich kann leider auf die Summe nicht verzichten, Herr Krauße, das müssen Sie verstehen. Ich habe auch in den letzten Jahren wirklich viel für Ihren Großvater getan. Aber gut, es geht hier ja nicht um mich, sondern um Sie. Also- wie sieht es aus? Wollen Sie das Erbe antreten? Wie gesagt: Es sind ein paar schöne Grundstücke darunter. Wäre doch ein Jammer wenn Sie nicht in der Familie bleiben würden, nicht wahr?"

Herr Straube schob ein Blatt Papier über den Tisch, legte einen Stift dazu und sah Sebastian erwartungsvoll an. Sebastian schob das Blatt zurück, ohne es sich anzusehen.

"Wie lange habe ich denn rechtlich Bedenkzeit darüber, ob ich das Erbe antreten will oder nicht?"

Herr Straube senkte seinen Blick und nahm die Brille ab.

"Rechtlich bleiben Ihnen sechs Wochen."

"Okay. Gut zu wissen. Nun, ich glaube, ich brauche dann noch etwas Bedenkzeit. Ich werde selber noch einmal versuchen herauszufinden, wie hoch denn die Schulden meines Großvaters nun genau sind."

"Wie Sie meinen, Herr Krauße. Eine Sache allerdings: Solange Sie das Erbe nicht angetreten haben, dürfen Sie sich keinen Zugang zu den Räumlichkeiten oder Unterlagen Ihres Großvaters machen, da deren Besitz ja noch nicht an Sie übergegangen sind."

"Ach ja?"

"Leider ist es so, Herr Krauße."

Sebastian schaute kurz aus dem Fenster hinter Herrn Straube, klopfte dann kurz auf den Tisch und stand auf.

"Gut. Dann vielen Dank für diese Information!"

Sebastian reichte Herrn Straube die Hand, woraufhin dieser ebenfalls aufstand.

"Ich hoffe, Sie verzeihen mir, dass ich Sie nicht zur Tür bringe. Ich habe noch schnell etwas zu erledigen. Der Weihnachtsstress, Sie wissen schon."

Die beiden gaben sich die Hand.

"Kein Problem."

"Bitte rufen Sie mich an, sobald Sie sich entschieden haben, Herr Krauße. Wie gesagt: Wäre doch eine Schande, wenn das schöne Haus nicht in der Familie bleiben würde."

"Natürlich."

Sebastian verließ das Zimmer und ging zum Kleiderständer im Empfangsraum.

"Oh- das ging aber schnell!", sagte die Sekretärin.

Sebastian zog seinen Mantel über, dann ging er hinüber zu ihr.

"Vielen Dank für die Kekse!"

"Aber gern doch, Herr Krauße. Wissen Sie schon, wann wir uns das nächste Mal sehen? Haben Sie schon einen Termin gemacht mit Herrn Straube?"

"Nein, noch nicht. Ich melde mich."

"Gut. Dann wünsche ich Ihnen ein frohes Fest!"

"Und guten Rutsch."

"Und guten Rutsch!"

Sebastian verabschiedete sich und verließ das Büro.

Dreizehn

Es schneite weiterhin leicht. Sebastian zündete sich eine Zigarette an und ging wieder zurück zur Strasse. Ein paar Lastwagen fuhren dicht hintereinander an ihm vorbei. Sebastian nahm an, dass sie wohl zur Autobahn wollten. Er holte sein iPhone aus der Hosentasche, um nachzuschauen, wo die nächste Bushaltestelle war. Innenstadt. Sebastian setzte seine Kapuze auf und ging los.

Der Schnee auf der Strasse und dem Fußweg hatte sich in dreckigen Matsch verwandelt und es dauerte nicht lang und Sebastians Füße waren naß. Neben ihm war sonst niemand zu Fuß unterwegs. Während er auf seine Schuhe schaute, fiel ihm ein, dass er ein neues Hemd brauchte. Er sah sich um und hatte Glück: Das Marktkauf war gleich um die Ecke.

Als Sebastian beim Marktkauf ankam, war auf dem Parkplatz kaum ein freier Platz mehr. Menschen gingen mit den Einkaufswagen in die Kaufhalle hinein und heraus. Es klapperte (Einkaufswagen) und knallte (Wagentüren). Vor der Kaufhalle waren Stände aufgebaut, in denen Glühwein, Eierkuchen, Thüringen Rostbratwürste angeboten wurden. Aus den Lautsprechern der Stände kamen Weihnachtslieder, allerdings aus jedem Lautsprecher ein anderes.

In der Kaufhalle war es nicht viel anders: Auch drinnen knatterte und knallte es. Hinzu kamen die Gespräche der Kunden, sowie Lautsprecherdurchsagen. Das Marktkauf bestand aus einer großen Halle, in die hunderte Regale gestellt wurden. Es gab: Spielsachen, Kleidung, Essen, Getränke, Pflanzen, Bürobedarf, Gartenmöbel, Küchengeräte. Sebastian ging den Hauptgang hinunter und versuchte die Herrenabteilung zu finden. Vor Sebastian: Familien mit ihren Einkaufswagen. Die meisten davon bis oben hin gefüllt.

Als Sebastian die Herrenabteilung entdeckt hatte, bog er ein. Er kam an einem Regal mit Wildlederjacken vorbei, er kam an einem Regal mit Levi's Jeans vorbei, er kam an einem Regal mit Wrangler Jeans vorbei. Danach: Das Regal mit Hemden. Sebastian schaute sich um: Es gab verschiedene Farben und Muster, nur ein rein weißes konnte er nicht finden. Er ging eine Weile auf und ab und musterte den Schrank wiederholt, aber wiederholt kein Glück. Kein weißes Hemd. Als er eine Mitarbeiterin entdeckte, ging er auf diese zu.

"Sorry", sagte Sebastian und winkte dabei der jungen Frau zu.

"Ja?", sagte die Mitarbeiterin und drehte sich zu Sebastian.

Als Sebastian vor ihr stand, sagte er: "Ich suche ein weißes Hemd."

Die Mitarbeiterin war in Sebastians Alter, vielleicht ein wenig jünger.

"Ein weißes Hemd? Für Herren?"

Sie sah Sebastian verwundert an.

"Ja."

"Hmm… ich schau mal eben."

Sie ging hinüber zu dem Regal, in dem Sebastian ebenfalls geschaut hatte. Auch sie musterte es von oben links nach unten rechts.

"Ja, sieht so aus, als wären die weißen Hemden aus."

"Scheisse."

"Naja, nehmen Sie doch einfach eine andere Farbe. Ich find das hier ja ganz schick."

Die Mitarbeiterin nahm ein blau-weiß gestreiftes aus dem Regal und hielt es an Sebastians Brust. Dann schaute sie ihn von oben nach unten an.

"Ja, das steht Ihnen doch ganz gut."

Sebastian wusste nicht, ob die Mitarbeiterin das ernst meinte und fing an zu lachen, woraufhin auch sie kurz auflachen musste.

"Was denn? Finden Sie denn nicht?", fragte sie.

"Na, ich weiß nicht. Ist das nicht etwas arg bayrisch?"

"Ja, aber da gibt's ja jetzt nicht schlimmes dran. Oder finden Sie Bayern etwa schlimm?"

"Nein, gar nicht."

"Na dann. Bitte sehr."

Die Mitarbeiterin hielt Sebastian das Hemd hin. Sebastian nahm es und schaute es sich an: Die Größe wurde mit XXL angegeben.

"Gibt's das vielleicht noch eine Nummer kleiner?"

"Was haben Sie denn da?"

"XXL."

"Da wollen Sie noch kleiner nehmen? Sie sind doch recht groß gewachsen. Ich würde da nicht noch kleiner gehen."

Sebastian schaute sich das Hemd noch einmal an.

"Sind Sie sicher?"

"Naja, um ehrlich zu sein: Wir haben nur noch diese Größe."

Sebastian musste erneut lachen.

"Ernsthaft?"

"Ja."

"Okay. Dann muss ich es wohl nehmen."

"Gute Entscheidung. Na dann, frohes Fest."

"Ja, Ihnen auch."

Sebastian lächelte der Verkäuferin zu, doch sie hatte ihren Blick bereits wieder auf etwas anderes gerichtet. Sebastian ging zu den Kassen.

Als er das Marktkauf wieder verließ, war es bereits kurz nach vierzehn Uhr und schneite stark. Er ging zu dem Glühweinstand und bestellte einen Glühwein mit Schuss. Als er diesen erhalten hatte, zündete er sich eine Zigarette an. Der Glühwein schmeckte und neben dem Heizpilz wurde Sebastian nicht kalt, also bestellte er einen zweiten.

Vierzehn

Eine Woche nachdem Sebastian Johann die Konditionen für das Investment geschickt hatte (Bewertung: 1,2 Mio.€, Investmentsumme: 250k€, Ticketgröße: 50k oder 100k), lud Johann nach London ein.

Johann lebte in Shoreditch, in einer alten Lagerhalle, die zwei Jahre zuvor zu einem Wohnhaus umgebaut worden war. In der Mitte des Hauses gab es eine Terrasse, auf der zu jeder Jahreszeit ausgiebige Feste gefeiert wurden. In dem Gebäude lebten: Erfolgreiche Künstler, Bänkler, Startup-Gründer und Mitarbeiter.

Johann lebte mit zwei Kollegen aus seiner alten Firma zusammen. Im Wohnzimmer standen zwei Sofas, ein Fernsehgerät, Playstation und Xbox und eine Theke, auf der diverse Schnapsflaschen standen.

"Zeit für Bier, oder?", fragte Johann, als Sebastian und Erik ihre Taschen abgelegt hatten.

"Sicher", antwortete Erik.

Die drei schauten Adventure Time, tranken und redeten. Johann erzählte von diversen Parties, die die Wohnung schon durchgemacht hatte. Am längsten erzählte er von einer Halloween-Party im Jahre 2008, zu der mehr als ein drittel der männlichen Besucher als Heath Ledgers Joker verkleidet kam, und die später von der Polizei aufgelöst wurde.

Nach dem vierten Ale, fragte Johann: "Wollt ihr ein wenig Lachgas?"

Sebastian und Erik schauten sich an.

"Lachgas?"

"Jaja, passt mal auf."

Johann stand auf und holte eine Box unter dem Sofa hervor. Aus der Box holte er: Einen Sprühkopf, wie man ihn von Schlagsahneflaschen kennt, dazu ein paar Luftballons und eine Ampulle. Johann drehte den Kopf auf die Ampulle. Danach füllte er einen Ballon für Sebastian, einen für Erik und einen für sich.

"Einfach in den Mund und mit einem Mal einatmen."

Johann machte es vor, Sebastian und Erik taten es ihm nach.

Sebastian spürte sofort einen leichten Schlag am Hinterkopf und fing zu lachen an. Kurze Zeit später Erik.

"Geil, oder?", fragte Johann.

Die drei lachten. Das High hielt für ungefähr fünf Minuten. Sie schauten weiter Adventure Time.

Als das High aufgehört hatte, sagte Erik: "Wow."

"Noch ne Runde?", fragte Johann.

Sie drei tranken noch fünf Bier und nahmen jeweils noch vier Hübe von dem Gas. Gegen 1 Uhr sagte Johann: "Wir haben auch noch Koks da, wenn ihr wollt."

Johanns LinkedIn-Profil:

Current: Angel Investor
Previous: Head of Marketing SoundSolutions Ldt., University of Westminster

Als Sebastian gerade den ersten Fuß auf die Strasse gesetzt hatte, hörte er wie ein Wagen neben ihn bremste. Danach: Hupen. Sebastian erschrak und schaute nach links. Neben ihm war ein Ford Ka zu Stehen gekommen. Die Frau hinter dem Steuer zeigte ihm einen Vogel.

"Sorry!", rief Sebastian.

Die Fahrerin ließ ihre Scheibe herunter und hielt den Kopf heraus.

"Besser aufpassen das nächste Mal!"

"Ja. Sorry!", wiederholte Sebastian.

Erst jetzt sah er, dass es sich bei der Fahrerin um die junge Mitarbeiterin handelte, die ihm beim Hemdenkauf beraten hatte.

"Oh! Hey!"

"Hey!"

"Danke nochmal für die Beratung!", rief ihr Sebastian zu. "Und fürs nicht umfahren!"

Die junge Frau musste lachen. Sebastian ging zurück auf den Bürgersteig.

Der Wagen rollte langsam an Sebastian vorbei. Als er neben ihm zum Stehen kam, ließ die junge Frau die Scheibe auf der Beifahrerseite herunter.

"Schneit ganz schön, was?"

"Ja, in der tat."

"Kann ich dich irgendwohin mitnehmen?"

"Naja, ich muss zum Bus. Ich müsste…"

"Steig einfach mal ein."

Sebastian öffnete die Tür und setzte sich hinein. Im Wagen war es noch nicht sonderlich viel wärmer als draußen.

"Dank dir!"

"Kein Problem. Zu welcher Bushaltestelle soll es denn gehen?"

"Naja, genau kann ich das gar nicht sagen. Ich muss in jedem Fall nach Obergrundbach."

"Nach Obergrundbach? Zu der Demo?"

"Mehr oder weniger."

"Ich glaub nicht, dass jetzt noch ein Bus fährt."

"Nee?"

"Nee. Aber ich muss eh in die Richtung und kann dich mitnehmen."

"Ach quatsch. Ich will keine Umstände machen."

"Macht schon keine Umstände."

"Ja?"

"Ja, Mann."

"Okay, cool. Dank dir!"

"Denise übrigens."

"Ach ja- Sebastian. Freut mich!"

Der Wagen verließ die Stadt, dann das Tal und nach zehn Minuten waren sie im Wald zwischen den Dörfern. Obwohl es erst kurz nach drei Uhr war, wurde es bereits wieder dunkel. Kurz vor Reichsmannsdorf, sagte Sebastian: "Ah fuck!"

"Was denn?"

"Ich merk gerade, dass ich total verpasst habe, mir ein Ladekabel fürs iPhone zu holen."

"Ah! Ich dachte schon, es wär was Wichtiges."

"Naja, ist schon wichtig."

"Ein Mist, dass man die blöden Dinger nicht mit nem normalen USB laden kann."

"Voll."

"Naja, nach Saalfeld fahr ich dich jetzt nicht zurück."

"Nee, um Gottes Willen. Das wollte ich damit auch nicht sagen."

"Aber wenn du magst, kannst du eins von mir haben. Ich hab noch ein Ersatzkabel."

"Ernsthaft?"

"Klar."

"Aber nur wenn es keine Umstände macht."

"Nee, kein Problem. Ich kutschier dich ja eh schon rum, dann kann ich dir auch noch ein Kabel geben."

"Ich geb dir auch das Geld."

"Brauchst du nicht."

"Doch doch…"

"Ey!", Denise drehte sich zu Sebastian, "ist schon okay, hab ich gesagt."

In Reichmannsdorf fuhren sie nicht weiter Richtung Schmiedefeld, sondern bogen ab nach Gräfenthal. Das letzte Mal war Sebastian diese Strecke mit seiner Mutter gefahren. Daran konnte er sich allerdings nicht erinnern. Nach elf Minuten kamen sie bei einer kleinen Häusergruppe an. Denise hielt vor dem äußersten Haus, einem kleinen dreistöckigen, mit Schieferfassade. In den Fenstern sah man Weihnachtsschmuck.

"Ist das deins?"

"Das Haus?"

"Ja."

"Ja, ist meins. Komm, aussteigen. Ich muss schnell noch was anderes erledigen."

Sebastian und Denise stiegen aus. Der Wind zog das Tal hinunter und der Schnee hatte noch einmal zugenommen. Die beiden gingen schnell zur Tür und Denise schloss auf. Als beide im Haus waren und die Tür wieder geschlossen, sagte Denise: "Gehörte aber früher meinen Großeltern."

"Was?"

"Na, da Haus!"

"Achso."

"Du vergisst aber auch schnell."

"Sorry, hab nicht so schnell geschalten."

Sebastian schüttelte den Schnee von seinem Mantel, bevor er ihn auszog. Dann sagte er: "Aber nicht schlecht. Lebst du hier allein?"

"Nee, mit Julia."

"Nicht schlecht für ne WG."

Denise lachte.

"Julia ist meine Tochter."

"Ah!", erwiderte Sebastian.

"Sie ist aber schon bei meinen Eltern. Weihnachten und so."

"Stimmt. Weihnachten. Hatte ich ganz vergessen."

Nachdem die beiden ihre Schuhe ausgezogen und Mäntel aufgehängt hatten, führte Denise Sebastian ins Wohnzimmer.

"Magst du was trinken?"

"Ähm… was hast du denn?"

"Wasser, Kaffee, Bier, Wein."

"Bier ist gut."

"Bier?"

Denise schaute Sebastian skeptisch an.

"Na, ich nehm auch ein Wasser. Ich hab nur Bier genommen, weil du es angeboten hast."

"Nee nee, passt schon."

Denise ging in die Küche. Sebastian hörte, wie sie eine Flasche aus dem Kühlschrank holte und öffnete. Danach kam sie wieder ins Wohnzimmer und stellte die Flasche vor Sebastian auf den Tisch.

"Danke!"

"Ich hol mal schnell das Kabel."

Denise verließ das Wohnzimmer wieder und ging die Treppen nach oben. Sebastian nahm einen Schluck und schaute sich um. Im Fernsehschrank standen Fotos. Hauptsächlich Fotos von Denise mit ihrer Tochter, aber auch von einem älteren Paar. Sebastian nahm an, dass es sich bei dem Paar um ihre Eltern handelte.

Nach ein paar Minuten kam Denise zurück.

"Hier", sagte sie und hielt Sebastian das Kabel hin. Er steckte es in seine Sakkotasche.

"Dank dir!", sagte er und holte seinen Geldbeutel aus seiner Hosentaschen. Als er diesen öffnete, sagte Denise: "Lass das! Hab ich dir doch vorhin schon gesagt!"

"Aber…"

"Nee, nichts aber."

"Okay. Wie du meinst."

Sebastian steckte seinen Geldbeutel wieder ein.

"Wie ist das Bier?"

Er schaute sich die Flasche an. Auch hier gab es Hasseröder.

"Ja, ganz gut."

"Nicht zu kalt?"

"Ein wenig vielleicht. Willst du einen Schluck?"

"Klar."

Sebastian reichte ihr die Flasche. Sie nahm erst einen Schluck und dann noch einen zweiten.

"Ja, vielleicht ein wenig zu kalt für diese Jahreszeit. Ich hol mir trotzdem auch mal eins."

Als Denise mit ihrem Bier zurückkam, stießen die beiden an und nahmen einen Schluck. Sebastian einen kleinen, Denise einen größeren. Als beide abgesetzt hatten, schaute Denise Sebastian in die Augen. Dann nahm sie noch einen Schluck und kam langsam auf ihn zu. Sebastian stellte seine Flasche auf den Tisch ab und als Denise ganz nah vor ihm stand, nahm er ihr sacht auch ihre Flasche aus der Hand und stellte diese ebenfalls auf den Tisch. Denise legte ihre linke Hand auf Sebastians Rücken und Sebastian seine beiden Hände an ihre Hüften. Er küsste sie erst auf den Hals, dann ihre Wange dann auf den Mund. Denise presste ihr Becken an Sebastians Becken und Sebastian spürte, wie sein Penis hart wurde. Er schob ihre Hüften noch stärker an seine, damit sie seinen Penis spürte. Nach ein paar Minuten flüsterte Denise: "Lass uns hochgehen." Sie nahm Sebastians Hand und führte ihn die Treppen nach oben.

Im Schlafzimmer war es bedeutend kühler als unten. Sie stieg ins Bett und hielt Sebastian die Decke auf. Sebastian folgte ihr. Zuerst zog er ihr den Pullover aus. Er küsste ihre Brüste und ihren

Bauch. Als er ihren BH aufmachte und ihre Nippel küsste, zuckte sie kurz. Dann zog sie Sebastian die Hose aus, dann seine Unterhose. Sie küsste kurz den Schaft seines Penises, dann fragte sie: "Hast du ein Kondom dabei?"

Sebastian überlegte kurz.

"Ja, ich glaub schon."

Sebastian holte seinen Geldbeutel aus der Hosentasche und nahm das Kondom heraus. Denise nahm es ihm ab, öffnete die Verpackung und streifte es ihm über. Danach zog sie ihre Hose aus, setzte sich auf Sebastian und führte seinen Penis mit ihren Händen in sich ein. Zunächst bewegte sie sich langsam auf und ab, dann immer schneller. Sebastian hielt sie an den Hüften, dann an den Brüsten, wodurch ihre Bewegungen noch schneller wurden. Sie stimulierte ihre Klitoris mit ihrer linken Hand und kam ein erstes Mal. Als sie gekommen war, packte sie Sebastian, drehte sie um und fickte sie von hinten. Denise kam ein zweites Mal, kurz darauf Sebastian. Die Herzen der beiden rasten. Sebastian hielt Denise für eine Weile fest, dann ließ er sie los und zog seinen Penis aus ihr. Danach lagen sie nebeneinander, atmeten tief ein und aus.

"Ja, war gut", sagte Denise nach ein paar Minuten.

"Ja, fand ich auch."

"Sag mal", Denise machte eine kurze Pause, "was machst du eigentlich hier?"

"Hier in deinem Bett?"

"Nee, hier in der Gegend."

"Vielleicht wohn ich ja hier."

"Jaja- Quatschkopf."

"Ich war hier wegen ner Beerdigung. Jetzt versuch ich noch schnell meinen Cousin bei was zu helfen, bevor ich zurück nach Berlin fahre."

"Helfen bei was?"

"Naja, von der Situation in der Hütte hast du ja gehört."

"Ja."

"Er ist einer der Besetzer, wenn man so will."

"Ach was?"

"Jaja."

"Und was hilfst du da?"

"Ich sitz mit an dem Verhandlungstisch mit den Eigentümern und versuch zu helfen, dass das Werk doch nicht geschlossen wird. Ehrlich gesagt, habe ich aber keine Ahnung von der Materie und werd wohl auch nicht viel am Ausgang ändern können."

"Naja, mit der Einstellung sicherlich nicht."

"Haha."

"Pennst du bei deinem Cousin?"

"Nee, bei meiner Oma."

Denise musste lachen. Dann sagte sie: "Magst du was essen oder soll ich dich schon zu deiner Oma fahren?"

Auch Sebastian musste kurz lachen.

"Ähm- nee, ich kann noch eine Weile bleiben, wenns recht ist."

Nach ein paar Minuten standen die beiden wieder auf, zogen sich an und gingen nach unten. Denise kochte Spaghetti und Sebastian schaute ihr dabei zu. Die beiden tranken noch ein Bier.

"Willst du eigentlich gar nicht wissen, was ich in Berlin treibe?"

Denise schaute Sebastian verwundert an. "Eigentlich nicht. Nein."

"Okay."

"Sorry, falls das falsch rüberkam."

"Keine Sorge."

"Es ist nur so, dass es mich wirklich nicht interessiert, was du machst. Ich find dich ganz niedlich und hatte vorhin Lust auf Sex."

"Ich versteh schon."

"Ich hoffe du fühlst dich jetzt nicht benutzt."

Beide mussten wieder lachen.

"Sag mal: Stört es dich, wenn ich heute Nacht hier bleibe? Dann musst du nicht halb angetrunken durch die Nacht fahren."

"Denkst du, ich hätte dich noch nach Obergrundbach gefahren?"

"Ähm…"

"Ganz sicher nicht!"

"Nee, kein Problem. Ich müsste nur morgen früh um 9 an der Hütte sein."

"Jaja. Schlaf hier. Ich fahr dich morgen früh."

Als die beiden fertig mit dem Essen waren, spülten sie gemeinsam ab. Den Rest des Abends tranken sie Bier und schauten fern. Auf ZDF lief ein Bericht über die Hütte, aber Sebastian hörte nur halb zu. Sein iPhone war mittlerweile wieder komplett geladen.

Fünfzehn

Es war bereits hell, als Sebastian aufwachte.

"Scheisse", sagte er und griff nach seinem iPhone. Es war kurz vor Acht.

Denise drehte sich zu ihm und öffnete die Augen.

"Guten Morgen."

"Hey", erwiderte Sebastian und stand auf.

"Alles in Ordnung?"

"Ja, ich bin nur etwas spät dran. Hab wohl vergessen den Wecker zu stellen. Sag mal- könntest du mich vielleicht jetzt gleich nach Obergrundbach fahren?"

"Ähm…"

Denise rieb sich die Augen. Danach schob sie sich nach oben und lehnte sich an die Wand an. "Klar."

"Ich muss um Neun an der Hütte sein."

"Wie spät haben wir es denn jetzt?"

"Nach Acht."

"Na dann mach dich mal lieber fertig. Willst du duschen?"

"Wie lang brauchen wir denn von hier nach Obergrundbach?"

"Ach, nicht lang. Zehn, fünfzehn Minuten."

"Ja, okay. Dann geh ich mal schnell."

"Nimm dir einfach irgendein Handtuch."

Sebastian ging die Treppen nach unten und bog bei der Küche ins Bad ein. Er stellte sich unter die Dusche und drehte den Hahn auf. Das Wasser kam eiskalt heraus. Er schreckte zurück und lehnte sich an die Duschkabinenwand, umso wenig wie möglich von dem kalten Wasser abzubekommen. Nach ungefähr einer halben

Minuten wurde es wärmer. Nach einer Minute angenehm. Als er fertig war, nahm er ein Handtuch von dem Haken an der Tür und trocknete sich vor dem Spiegel ab. Der Spiegel war beschlagen. Sebastian wischte ihn mit dem Handtuch ab, wodurch die Feuchtigkeit allerdings nur verschmierte und er noch weniger erkannte. Seine Haut brannte und er schaute sich nach einer Hautcreme um. Er öffnete den linken Spiegelschrank. Make-up und Reinigungsprodukte. Er öffnete den rechten Spiegelschrank. Eine blaue Nivea-Dose, daneben ein Axe-Deo. Er nahm sich etwas von der Creme und tat es auf sein Gesicht und Hals. Danach zog er seine Unterhose, Strümpfe, Hose und das neue blau-weiß-gestreifte Hemd an. Das Hemd war ihm viel zu groß.

Als er das Bad verlies, war Denise bereits in der Küche, und er hörte wie das Wasser in der Kaffeemaschine kochte.

"Willst du was essen?", fragte sie, als Sebastian die Küche betrat.

"Danke. Aber ich werd nur nen Kaffee nehmen."

Sebastian setzte sich an den Küchentisch. Nach einer halben Minuten, war der Kaffee durch. Denise schenkte ihm eine Tasse ein und stellte sie auf den Tisch. Sebastian wippte mit seinem rechten Bein auf und ab.

"Dank dir!"

"Kein Problem."

Sebastian nahm einen Schluck.

"Ich hab übrigens gesehen, dass du ein paar Axe-Deos im Schrank hast. Ich nehme mal an, dass das nicht deine sind."

Denise lachte auf.

"Nee, nee- die sind von Enrico."

"Enrico?"

"Enrico ist der Vater von Julia."

Sebastian nahm noch einen Schluck vom Kaffee.

"Lebt er hier?"

"Nee, er übernachtet nur gelegentlich hier, wenn er Julia besucht."

"Verstehe. Wie lang seid ihr denn schon getrennt?"

"Länger als wir zusammen waren. Kurz nach Julias Geburt. Das war jetzt auch schon vor vier Jahren. Wie ist der Kaffee?"

"Gut. Dank dir!"

"Wir sollten dann auch langsam los, wenn du rechtzeitig bei deinem Termin sein willst."

Sebastian trank den Kaffee schnell aus und stand mit der Tasse in der Hand auf.

"Wo soll ich die denn…"

"Lass die Tasse einfach stehen. Ich räum die auf, wenn ich wieder zuhause bin."

Als die beiden die Ausfahrt verließen, lief eine ältere Dame langsam die Strasse entlang. Denise winkte ihr zu. Die Dame winkte zurück und sah dabei Sebastian an.

"Frau Schröder", sagte Denise.

"Bitte?"

"Das war Frau Schröder. Wohnt unten bei der Kreuzung."

Sebastian kam sechs Minuten vor Neun bei der Hütte an. Anders als am ersten Verhandlungstag, saßen alle Teilnehmer bereits am Tisch, als er das Zimmer betrat.

"Ah- Herr Krauße! Schön, dass Sie es auch schaffen."

"Neun Uhr hat es geheißen. Guten Morgen."

"Nun, dann haben Sie es ja auf die Minute genau geschafft."

Heike schaute ihren Neffen genervt an.

Sebastian holte sein MacBook aus dem Rucksack und stellte es auf den Tisch. Danach schenkte er sich ein Glas Wasser ein.

"So", begann Huberts. "Ich hoffe, Sie haben sich Gedanken über unser letztes Angebot vom Montag gemacht."

"Haben wir", antwortete Heike. Der Bürgermeister nickte und schaute in sein Notizbuch.

"Aber bevor wir fortfahren, würde ich gern kurz mit Herrn Krauße unter vier Augen sprechen."

Huberts schaute erst Sebastian, dann Heike an. Dann rollte er mit den Augen.

"Meinetwegen. Aber wenn ich das gewusst hätte, wäre ich auch noch eine Weile im Hotel geblieben. Informieren Sie mich bitte das nächste Mal. Dann verschieben wir das Meeting gern um eine Stunde."

Heike und Sebastian standen auf und verließen den Meeting Raum. Als die Tür hinter den beiden geschlossen war, sagte Heike: "Sag mal, wo warst du denn?"

"Ich?"

"Wer denn sonst? Ich hab dich gestern wer weiß wie oft versucht anzurufen."

"Ja, mein Telefon war aus. Mein Kabel ist irgendwie kaputt."

"Bei der Oma und in der Hütte warst du auch nicht."

"Ja, ich war bei einer Bekannten."

"Bei einer Bekannten?"

"Lange Geschichte."

"Ich will es eigentlich gar nicht wissen."

"Um was geht's denn?"

"Hast du das letzte Angebot vom Huberts gesehen?"

"Ja", log Sebastian.

"Wir werden es annehmen."

"Was?"

"Ein besseres werden wir nicht bekommen."

"Aber was ist mit den Forderungen von Benni?"

"Hör bitte auf zu spinnen! Außerdem hat mir der Huberts mit einer SMS mitgeteilt, dass das sein letztes Angebot ist. Entweder wir nehmen es an oder es gibt nichts."

"Und was erwartest du jetzt von mir?"

"Dass du hinter unserer Entscheidung stehst und sie Benni erklärst."

"Das kann ich nicht tun."

"Sebastian, ich bitte dich."

"Dafür hat er mich nicht hierher geschickt."

"Sebastian- sei nicht so blauäugig!"

"Sorry."

"Also wirst du gegen uns stimmen?"

"Ich denke schon."

"Ihr blöden Spinner."

Heike drehte sich um und ging zurück in den Meetingraum. Sebastian ging ihr hinterher. Als die beiden sich wieder gesetzt hatten, sagte Heike: "Die Entscheidung von unserer Seite ist klar. Wir werden Ihr Angebot annehmen."

Huberts lehnte sich in seinem Stuhl zurück.

"Ist das so, Frau Kunze? Nach all den Monaten."

"Ja."

"Und was ist mit Ihnen, Herr Krauße?"

"Ehm…", stammelte Sebastian. "Ich kann das Angebot so leider nicht annehmen. Die Belegschaft wollen keine…"

"Herr Krauße, ich will Sie noch einmal darauf hinweisen, dass Sie hier in keiner Position sind, etwas anzunehmen oder abzulehnen. Sie sind nur hier, weil Ihr Cousin denkt, dass es eine gute Idee ist, Sie hier sitzen zu haben. Die Entscheidung trifft Ihre Tante. Ich gehe aber mal davon aus, dass Ihr Cousin ein gutes Stück auf Sie hält, daher frage ich Sie, ob Sie das Angebot vor Ihrem Cousin verteidigen werden?"

"Ich denke nicht, dass ich das kann. Es ist einfach nicht das, was die Belegschaft will. Frau Kunze kann unterzeichnen, was sie will. Die Jungs werden weiter im Werk bleiben, bis auf deren Forderungen eingegangen wird."

Huberts schaute seinen Anwalt an. Danach Heike, danach den Bürgermeister.

"Hören Sie, Herr Krauße. Warum unternehmen wir nicht einen Spaziergang, was meinen Sie?"

Auch Sebastian schaute die anderen im Raum an, aber keiner schaute zurück.

"Ähm… okay."

"Gut."

Sebastian und Huberts standen beide auf, nahmen ihre Mäntel von den Kleiderhaken und verließen den Raum.

"Muss ich als nächster mit Herrn Krauße den Raum verlassen?", fragte einer der Anwälte, "anscheinend macht das heute jeder."

"Haben Sie Hunger, Herr Krauße?", fragte Huberts als die beiden die Treppen nach unten gingen.

"Nicht wirklich."

"Nicht mal auf ein kleines Brunch?"

"Naja, ein kleines vielleicht."

Die beiden verließen die Hütte über einen Hinterausgang, der zum Parkplatz der Hütte führte. Der Fahrer der S-Klasse rauchte, machte die Zigarette aber sofort aus, als er Huberts und Sebastian aus dem Werk kommen sah.

"Dass es die Journalisten noch nicht hierher geschafft haben", sagte Sebastian.

"Kann mir nicht vorstellen, dass sie es nicht versucht haben." Die beiden stiegen im Wagen hinten ein. Im Wagen roch es nach Leder.

"Fahr uns doch bitte in die Gaststube, Lukas", sagte Huberts zu dem Fahrer, als auch er eingestiegen war.

Der Wagen fuhr über die kleine Strasse zum anderen Ende von Obergrundbach und dann über eine noch kleinere auf die Hauptstrasse.

Als die beiden die Stube von Gisela betraten, war deren Sohn gerade beschäftigt den Tresen sauber zu machen.

"Guten Morgen", sagte er, blickte dabei allerdings nur Sebastian an.

"Guten Morgen", antwortete Huberts. "Ist die Küche schon geöffnet?"

"Sicher."

"Gut. Bringen Sie uns doch bitte die Karte. Außerdem nehmen wir schon einmal zwei Kaffee."

"Gern."

Der Sohn verschwand in der Küche. Sebastian und Huberts setzten sich an den Tisch bei dem Fenster.

"Also Herr Krauße", begann Huberts. "Wie geht es Ihnen heute?"

Sebastian wusste nicht recht, was er antworten sollte.

"Ähm- recht gut. Und Ihnen?"

"Mir geht es nicht so gut, wenn ich ehrlich sein soll. Die ganze Situation dauert mir hier etwas zu lange."

"Ja, das kann ich nachvollziehen…"

"Ach, können Sie das, Herr Krauße?"

"Ich denke schon."

"Nun- ich denke nicht. Ich denke Sie können das überhaupt nicht nachvollziehen."

"Nein?"

"Nein. Hören Sie: Ich arbeite schon sehr lang in dieser Branche. Fast dreißig Jahre. Ich habe schon einige Werke öffnen und schließen sehen."

"Das glaub ich gern."

"Das heißt aber nicht, dass es das für mich einfacher macht. Denken Sie, es macht mir Spaß hunderte von Angestellten zu entlassen?"

"Sicherlich nicht."

"Tut es auch nicht. Aber mein Job ist es die Geschäfte der PSP zu optimieren. Dafür werde ich bezahlt."

"Das ist mir klar."

"Und das bedeutet auch, dass ich manchmal Entscheidungen treffen muss, die im Interesse der Gesellschaft sind, aber nicht unbedingt der Arbeitnehmer."

"Offensichtlich."

"Aber das ist nunmal der Lauf der Dinge. Wenn sich ein Werk nicht mehr rentiert, wird es geschlossen."

"Aber es rentiert sich doch! Ich hab doch die Zahlen gesehen. Das Werk ist profitabel."

"Ja, das ist richtig. Aber die Aufträge, die wir im Moment hier produzieren, können wir an anderen Standorten günstiger produzieren."

"Ich versteh die Logik. Aber gibt es keine anderen Aufträge, die sie hier produzieren können."

"Leider nein, Herr Krauße. Für uns ist Deutschland zu teuer geworden."

Der Sohn von Gisela kam mit den zwei Kaffee an den Tisch und stellte die Tassen ab. Huberts tat sich ein Stück Zucker in die Tasse, Sebastian tat es ihm gleich.

"Könnte ich noch etwas Kaffeesahne bekommen?", fragte Huberts den Sohn von Gisela.

"Klar", erwiderte dieser.

Sebastian und Huberts nahmen einen Schluck aus der Tasse. Dann sagte Huberts: "Aber wir sind auch keine Unmenschen, Herr Krauße. Unsere Abfindungspakete sind außerordentlich. Vor allem in Anbetracht, dass Ihr Cousin im Moment Hausfriedensbruch begeht."

"Aber Abfindungspakete sind doch nicht, was die Belegschaft will!"

"Was die Belegschaft will, was Ihr Cousin sich will, ist unrealistisch, Herr Krauße. Es wird sich kein Käufer für das Werk finden. Und die Idee, dass das Werk doch an die Angestellten übergeben werden soll,... nun, diese Idee ist einfach nur verrückt. Wie soll das denn aussehen? Wer soll das Werk führen? Wer die Aufträge an Land ziehen? Mit dem Rechtlichen fange ich gar nicht erst an! Das wäre ein Albtraum, so etwas aufzusetzen."

"Aber nicht unmöglich!"

"Ein Flug zum Mars ist ebenfalls nicht unmöglich, Herr Krauße. Das heißt aber nicht, dass man diesen im Moment anstellen sollte."

"Wollen es nicht ein paar Teams in den nächsten Jahren versuchen?"

"Hören Sie doch mit Ihrer Klugscheißerei auf! Sie wissen, was ich meine. Sagen Sie, Herr Krauße: Was verstehen Sie eigentlich von der Glasproduktion?"

"Nicht allzu viel."

"Eben. Nicht allzu viel. Sie sind hier, weil Ihr Cousin Ihnen vertraut. Aus keinem anderen Grund. Das Problem ist leider nur, dass Sie noch weniger von dem Geschäft verstehen als Ihr Cousin."

Giselas Sohn kam zurück und stellte die Kaffeesahne ab. Dann fragte er: "Wissen Sie schon, was Sie essen wollen?"

"Nein. Wir haben noch nicht geschaut", antwortete Huberts. "Geben Sie uns noch ein paar Minuten."

Sebastian nahm einen weiteren Schluck von dem Kaffee.

"Was machen Sie eigentlich, Herr Krauße?"

"Ich bin Unternehmer."

"Und in was für einem Feld sind Sie aktiv?"

"Tech."

"Tech?"

"Naja, Smartphone Apps."

"Ah! Verstehe! Na, in dem Bereich passiert viel. Und alles geht so schnell. Ich habe neulich erst einen Artikel gelesen, indem ein Team von drei Mann innerhalb von sechs Monaten ihre Firma aufgebaut und für zwanzig Millionen verkauft hat. Das ist nicht schlecht. In meiner Branche geht sowas nicht so schnell."

"Naja, das ist auch bei den Startups die Ausnahme. In der Regel ist es eher so, dass neun von zehn Startups scheitern."

"Wie geht es Ihrer Firma?"

"Lange Geschichte."

"Nicht erzählenswert?"

"Eigentlich wollten wir genau jetzt eine Investitionsrunde fahren. Aber dann sind uns in letzter Minute die zwei Lead Investoren abgesprungen und die Runde ist zerfallen. Keine Ahnung, was jetzt passiert. Höchstwahrscheinlich müssen wir im neuen Jahr auch einen Großteil unserer Belegschaft entlassen."

"Ah!", sagte Huberts, gab sich etwas Sahne in den Kaffee und rührte langsam um.

"Wie groß war denn die Investitionsrunde?"

"2.5 Millionen."

"Und die Bewertung?"

"8.5."

"Wieviel Umsatz machen Sie denn jährlich?"

"Im letzten Jahr knapp hunderttausend."

Huberts lachte kurz. Dann sagte er: "Dann haben Sie aber ne sportliche Bewertung, junger Mann."

"Naja, die Bewertung kommt ja nicht aus unserem Umsatz, sondern aus dem Potential."

Huberts trank seine Tasse in einem Zug aus.

"Verstehe", sagte er. Dann fügte er an: "Ich muss mich mal kurz entschuldigen."

"Kein Problem."

Huberts stand auf und ging auf die Toilette. Als er nach knapp fünf Minuten zurück kam, fragte er: "Wissen Sie eigentlich schon, was Sie essen wollen?"

"Ich hätte eigentlich Lust auf eine Zigarette", antwortete Sebastian.

"Wissen Sie was, Herr Krauße: Ich eigentlich auch."

"Ach was? Am Montag hatten Sie nicht geraucht."

"Gelegenheitsraucher. Hätten Sie eine für mich?"

"Klar."

Giselas Sohn kam wieder zum Tisch.

"Wissen Sie schon…"

"Entschuldigen Sie, aber wir beide werden wohl doch erst einmal nichts essen."

Giselas Sohn schaute Sebastian erstaunt an.

"Äh… okay."

Sebastian holte seinen Geldbeutel heraus.

"Lassen Sie doch!", sagte Huberts, holte ebenfalls seinen Geldbeutel heraus und gab Giselas Sohn einen Zwanzig-Euroschein.

"Das macht drei Euro."

"Machen Sie fünf."

"Vielen Dank."

Die beiden zogen ihre Mäntel an und verließen die Gaststätte.

Draußen schneite es. Sebastian holte zwei Zigaretten aus der Packung, reichte eine Huberts und zündete sie ihm an. Dann zündete er sich selbst eine an.

"Lassen Sie uns eine Runde gehen, Herr Krauße."

"Wie Sie wollen."

"Kennen Sie eine gute Strecke?"

"Ja, wir können hoch zum Aussichtshäuschen am Hang."

"Nach Ihnen."

Die beiden gingen den Hangweg nach oben. Gelegentlich rutschte einer der beiden aus, konnte sich aber immer wieder fangen. Die ersten Minuten redeten die beiden nicht. Irgendwann fragte Huberts: "Was wollten denn Ihre Lead Investoren reinstecken?"

"In unsere Firma?"

"Ja."

"Jeweils fünfhunderttausend. Die restlichen 1,5 kommen in kleineren Tickets."

"Also eine Million."

"Korrekt."

Je höher die beiden kamen, umso weniger sichtbar war der Weg. Aber das Aussichtshäuschen war bereits zu sehen und reichte zur Orientierung. Sebastian hatte die erste Zigarette aufgeraucht und machte sich eine zweite an.

"Was würden Sie sagen, Herr Krauße- wenn ich Ihnen anbieten würde, in Ihre Firma zu investieren?"

Sebastian blieb stehen und drehte sich zu Huberts um.

"Wie bitte?"

"Nun, ich bin selber Gesellschafter eines kleinen Fonds und wir sind immer auf der Suche nach frischen Ideen."

Sebastian nahm einen tiefen Zug von der Zigarette, dann sagte er: "Und warum sollten Sie das tun?"

"Sie machen mir den Eindruck, als seien Sie ein cleverer junger Mann, Herr Krauße. Ich mag es, wenn junge Menschen die Eier haben selber etwas zu starten und diese Menschen unterstütze ich gern."

Sebastian nahm noch einen Zug.

"Das ist nicht Ihr Ernst, oder?"

"Natürlich müssten wir eine ausgiebige Due Dilligence machen. Aber wenn uns gefällt, was wir sehen, ist es natürlich mein Ernst."

Die beiden gingen weiter.

"Und im Gegenzug erwarten Sie von mir?"

"Was soll ich denn von Ihnen erwarten? Nichts natürlich. Sollten Sie sich allerdings dazu entschließen, Ihren Cousin von unserem letzten Abfindungspaket überzeugen zu wollen, wäre ich Ihnen sicherlich nicht böse."

Sebastian wurde heiß. Er rauchte die Zigarette schnell zu Ende und zündete sich eine dritte an.

"Das würde ich aber natürlich nicht zu einer Bedingung für mein Angebot machen, versteht sich."

Der Hang wurde steiler, aber weit hatten es die beiden bis zum Aussichtshäuschen nicht mehr.

"Sie wissen schon, dass das nach Bestechung klingt, oder?"

"Ich bitte Sie, Herr Krauße! Ich habe Ihnen nur in Aussicht gestellt, dass mein Fond sich Ihre Firma einmal ansieht. Die Sache mit der Hütte hat damit nichts zu tun."

"Sicher."

Die beiden schwiegen, während sie die letzten hundert Meter gingen.

Als die beiden bei dem Häuschen angekommen waren und sich unters Dach gestellt hatten, sahen sie nach unten ins Tal, über das sich ein leichtes violettes Licht gelegt hatte.

"Ein schönes Dorf, finden Sie nicht?", sagte Huberts, leicht außer Atem.

"Was glauben Sie, was daraus wird, wenn es die Hütte nicht mehr gibt?"

"Ach, Herr Krauße- der Mensch passt sich an. Es geht immer weiter."

Sebastian erwiderte nichts.

"Hätten Sie noch eine Zigarette für mich?"

"Sicher."

Sebastian holte Huberts eine Zigarette heraus und zündete auch diese wieder für ihn an. Danach griff Huberts in die Innentasche seines Mantels, holte eine Visitenkarte heraus und gab diese Sebastian.

"Schicken Sie doch die Unterlagen Ihrer Firma bitte an diese Email. Ich werd dafür sorgen, dass unser Portfolio-Manager sich die Unterlagen sofort ansieht."

Sebastian ging hinter das Aussichtshäuschen und pisste in den Schnee. Als er damit fertig war, nahm er einen Hub aus seinem Asthmaspray.

Als die beiden gegen 12 Uhr den Meetingraum wieder betraten, schauten alle von ihren Laptops auf.

"Ich hoffe, wir haben Sie nicht zu lange warten lassen", sagte Huberts, während er seinen Mantel ablegte.

"Nein, nein", erwiderte einer der Mitarbeiter der PSP.

"Die Unterredung mit Herrn Krauße hat wohl doch etwas länger gedauert."

"Kein Problem", sagte der Bürgermeister.

"Ich habe mich mit Herrn Krauße darauf geeinigt, dass er sich unser letztes Angebot noch einmal in Ruhe durch den Kopf gehen lässt. Herr Krauße hat mich daraufhin gebeten ihm noch einmal 24 Stunden Zeit zu geben. Ich denke, dass ist fair."

Dann schaute Huberts zu einem der anderen Mitarbeiter und fügte an: "Wir müssen ja auch erst übermorgen wieder in Brüssel sein, richtig?"

"Korrekt."

Heike schaute Sebastian verwundert an.

"Aber…", sagte sie.

"Keine Sorge, Frau Kunze. Ich bin mir sicher, dass wir morgen zu einem zufriedenstellenden Ergebnis kommen werden. Nicht wahr, Herr Krauße?"

"Das denke ich auch."

"Gut. Dann würde ich sagen, dass wir es heute damit belassen und uns morgen Früh um 9:00 Uhr hier wiedersehen."

Alle packten zusammen und Huberts und seine Anwälte verließen als erste den Raum. Als sie gegangen waren, fasste Heike ihren Neffen am Oberarm und fragte: "Wo wart ihr denn solange?"

"Wir sind nur kurz den Hang hoch."

"Kurz? Ihr wart fast drei Stunden weg."

"Naja, wir waren vorher noch bei der Gisela."

"Und?"

"Was und?"

"Na, was habt ihr besprochen, Herrgott nochmal!"
Sebastian wusste nicht, was er ihr erzählen sollte.

"Dies und das."

"Dies und das?"

"Ja, Heike! Dies und das! Ich möchte jetzt nicht darüber reden. Ich muss mir selber erst einmal Gedanken darüber machen."

"Oh Gott! Wenn ich das schon höre!"

"Ja, sorry! Was soll ich denn machen?"

"Nicht ja, sorry. Du weißt, was hier alles auf dem Spiel steht."

"Ja, weiß ich! Wie oft willst du mir das denn noch sagen?"

"Heute Abend um 20 Uhr will ich deine Entscheidung wissen. Ist das klar?"

"Hör mal, ich…"

"Keine Widerrede!"

"Ich schau, was ich machen kann."

Heike und der Bürgermeister packten ebenfalls ihrer Sachen zusammen und nach ein paar Minuten waren auch sie aus dem Raum. Sebastian saß allein da und schaute aus dem Fenster. Ihm war übel. Er musste etwas essen, aber Hunger hatte er keinen.

Als Sebastian beim Haus seiner Großmutter ankam, sah er, dass Licht in der Küche brannte. Er ging aber nicht ins Haus, sondern direkt in den Garten und den Hang nach oben zum Gartenhaus.

Im Gartenhaus war es warm und der Hund lag auf der Couch. Als er Sebastian hereinkommen sah, blickte er kurz auf, dann senkte er seinen Kopf wieder. Sebastian stellte seinen Rucksack ab, nahm sich ein Bier aus dem Kühlschrank und zündete sich eine Zigarette an. Dann setzte er sich an den Tisch. Als er sich gesetzt hatte, kam der Hund zu ihm herüber und legte sich auf seine Füße.

"Na du?"

Das Tier erwiderte nichts.

Sebastian schaute auf sein iPhone: 8 neue Nachrichten, 18 neue Mails, 4 verpasste Anrufe. Er hatte kein Interesse daran sich mit irgendetwas davon zu beschäftigen. Er schaute wieder nach draußen. Was sollte er mit dem Angebot von Huberts anfangen?

Sebastian trank das Bier aus. Dann wählte er die Nummer von Denise. Es klingelte fünfmal- keine Antwort. Er legte auf und holte sich ein weiteres Bier. Was sollte er mit dem Angebot von Huberts anfangen?

Sebastian stellte Darkness on the Edge of Town auf seinen iPhone an. Als Racing in the Street kam, machte er sich ein weiteres Bier auf. Sebastians iPhone war ein US-Amerikanisches Produkt. Sebastians iPhone wurde in China gefertigt. Was sollte er mit dem Angebot von Huberts anfangen?

Gegen 14:00 Uhr fing es bereits an zu dämmern. Als Sebastian sich einen Kümmerling aus dem Schrank holen gehen wollte, vibrierte sein Telefon. Er nahm ab.

"Hey- du hattest angerufen?"

Es war Denise.

"Ähm, ja."

"Und?"

"Naja, ich wollte mal mit jemanden reden. Aber jetzt bin ich mir gar nicht mehr so sicher, ob das so eine gute Idee ist."

"Um was geht es denn?"

"Ach- egal."

"Sicher egal?"

"Nee."

"Heute Morgen klangst du aber noch ein wenig heiterer."

"Ja, das ist gut möglich."

"Vielleicht brauchst du einen Fick?"

Sebastian musste lachen.

"Bitte, was?"

Auch Denise musste lachen.

"Ich kann nicht glauben, dass du das gerade gefragt hast."

"Keine Sorge! War nicht ernst gemeint. Einmal mit dir hat mir gereicht. Aber sicher, dass du niemanden zum Reden brauchst?"

"Ja, sicher."

"Okay. Dann mach dir noch nen guten Tag."

"Du dir auch."

"Ach und sollten wir uns nicht mehr sprechen: Frohes Fest!"

"Gleichfalls."

Sechzehn

Die erste Entlassung war schwer. Sebastian und Erik waren zwar offiziell die beiden einzigen Gründer ihrer Firma, aber eigentlich gab
es vier. Neben Sebastian und Erik, noch Christian und Matthias.
Die vier hatten gemeinsam studiert und gemeinsam den Prototypen
ihrer Plattform entwickelt. Während es von vornherein klar war,
dass Sebastian und Erik die Führung in dem Projekt übernahmen,
so empfanden sich Christian und Matthias dennoch als Teil des
Kernteams. Das erste Geld, was die vier erhielten, war eine Förderung des Medienboard Berlin-Brandenburg, und sollte reichen
bis zur Seed-Runde. Um die Seed-Runde auf die Beine stellen zu
können, mussten allerdings den Investoren KPIs (Key Performance
Indikators) für die User-Akquirierung präsentiert werden. Diese
KPIs bekam man nur über Tests und Tests kosteten Geld. Da der
Prototyp gebaut war und es für Christian und Matthias in diesem
Moment nichts zu tun gab, entschieden sich Sebastian und Erik
dazu, den restlichen Teil der Förderung, der für die Gehälter von
Christian und Matthias gedacht war, für Google und Facebook-Ads
auszugeben. Sebastian und Erik informierten die beiden über ihre
Entscheidung am Sankt Oberholz, draußen bei einer Zigarette.
Christian erwiderte nichts. Er trank seinen Kaffee aus, knallte die
Tasse auf den Tisch und ging zur U-Bahn-Station. Matthias sagte:
"Ihr dummen Assis!", trank seinen Kaffee allerdings nicht aus, son-
dern stieg auf sein Damenrad und fuhr die Torstrasse in Richtung
Oranienburg Tor davon. Auch Sebastian und Erik war die Assigkeit
ihrer Tat durchaus bewusst, also entschlossen sie sich dazu, diese
Tat damit zu erklären, dass sie im Interesse der Firma gehandelt

hatten; dass diese Entscheidung notwendig fürs Geschäft war; dass diese Entscheidung nichts über sie als Menschen aussagt, sondern nur etwas über sie als Unternehmer. Sie waren gute Unternehmer.

Die zweite Entlassung war leichter, dafür aber bombastischer: Sebastian und Erik hatten einen schweren Fehler im Hiring gemacht. Obwohl beide solide Programmierkenntnisse hatten, so reichten diese nicht aus, um die Technik ihres Produkts komplett durchzuplanen, geschweige denn zu programmieren. Des weiteren wollten und mussten sich Sebastian und Erik auf die geschäftlichen Aspekte der Firma konzentrieren, da es auch hier mehr als genug zu tun gab. Ein Chief Technical Officer musste her. Über einen Bekannten, der ebenfalls Unternehmer war, bekamen sie Kontakt zu H., einem Herrn in seinen späten Dreißigern. H. hatte zuvor bei einigen erfolgreichen Berliner Startups gearbeitet und hatte nicht nur exzellente Referenzen als Programmierer, sondern auch in der Teamführung. Nach zwei Treffen, entschieden sich Sebastian und Erik dazu H. ein Angebot zu machen: 6500€ brutto. H. lehnte ab; er wollte Anteile. Sebastian und Erik berieten sich und sagten ihm: 0,5%, nachdem er sich ein halbes Jahr in der Firma bewiesen habe und man ihn gut genug kenne. H. sagte 7500€ brutto und die 0,5% gehen in Ordnung. Beide Parteien akzeptierten den Deal. Die ersten Wochen lief alles nach Plan. H. machte die technische Planung, während Sebastian und Erik sich aufs geschäftliche konzentrierten. Daneben stellten die drei gemeinsam weitere Programmierer ein, die H. dabei helfen sollten, das Produkt schnell auf den Markt zu bekommen. Ab Woche fünf fing H. an jeden Tag etwas später zu kommen und eine leichte Fahne zu haben. Sebastian und Erik machten sich nichts daraus, da auch sie an den meisten Abenden tranken. Ab Woche sieben fing allerdings an, H.s Leistung spürbar zu leiden. Sebastian und Erik fragten ihn was los sei, aber H. sagte nur, dass er im Moment etwas Stress zuhause habe, dass sich alles aber wohl bald wieder einbügeln würde. Es bügelte sich nicht ein. Am Mittwoch der achten Woche schrie H. einen der neuen Programmierer an, als dieser beim Daily Standup nicht sagen konnte, was am vorherigen Tag schief lief. Sebastian und Erik waren an diesem Tag frühstücken mit einem der Investoren. Als sie am Mittag ins Büro kamen, unterrichteten die Programmierer sie über H.s

Ausraster. Die beiden bestellten H. nach draußen auf den Balkon.

"Sag mal, spinnst du?", fragte Erik. "Du kannst doch Tommy nicht so anschreien!"

"Naja, wenn er sich so…"

"Nee, nicht wenn er sich so! Was ist denn das für ein Psycho-Benehmen? Wenn du noch mal so was abziehst, dann…", sagte Sebastian, wurde jedoch unterbrochen.

"Was dann? Näh? Sag schon, du dummer Homo!"

Sebastian und Erik sahen sich an.

"Boah, Alter. Was?"

"Du hast mich schon verstanden!"

"Ey- du musst echt mit dem Saufen aufhören…"

"Ihr schreibt mir nicht vor, was ich zu tun und zu lassen habe, ihr verwöhnten Schwuchteln!"

H. öffnete die Balkontür, ging nach drinnen und pfefferte seine Mate-Flasche mit voller Wucht gegen das White-Board. Die Flasche zerbarst und H. stürmte aus dem Büro. Drei Tage später kam er am Nachmittag, um seinen Laptop abzuholen. Er sagte kein Wort. Als er das Büro wieder verlassen hatte, sagte Tommy: "Ich hoffe, der alte Spasst verreckt in der Gosse!"

Tommy übernahm die Rolle des CTO von diesem Tag an. Er war damals 23 Jahre alt und verdiente 4500€ Brutto. Tommy sollte keine Anteile an der Firma erhalten.

Gegen 16 Uhr kam Bernd ins Gartenhaus.

"Na, Großer!", sagte er, als er die Tür hinter sich schloss. Dann ging er zum Kühlschrank und nahm sich ein Bier.

"Hey!"

Bernd setzte sich. Die beiden stießen an.

"Wie lief's die letzten Tagen? Habt ihr es den Huberts zeigen können?"

"Naja, wie man's nimmt."

"Klingt ja nicht sehr begeistert."

"Zumindest hat er sein Angebot, was die Abfindung angeht, nochmal erhöht."

"Und was ist mit den Vorschlägen von Benni?"

"Sieht wohl schlecht aus."

"Verstehe."

Bernd nahm einen Schluck vom Bier.

"Naja, wenigstens habt ihr es versucht."

"Wart ihr heute wieder im Krankenhaus?"

"Ja, Mittag rum."

"Und?"

"Vater wird morgen operiert."

"Scheisse."

"Wird schon schiefgehen."

Sebastian saß noch den ganzen Abend im Gartenhaus. Kurz vor Mitternacht hatte er seine Entscheidung getroffen und schrieb seiner Tante. Danach schrieb er Huberts.

Von: sebastian@findrights.com
An: "Konrad Huberts" <k.huberts@psp-europe.com>
Betreff: Pitchdeck

Sehr geehrter Herr Huberts,

vielen Dank für Ihr Angebot heute morgen. Obwohl es mir nicht leicht fällt diese Chance auszuschlagen, muss ich Ihnen leider mitteilen, dass ich Ihr Angebot nicht annehmen kann. Wir werden uns nach anderen Investoren umsehen.

Ihnen noch einen angenehmen Abend!

Mit freundlichem Gruß,

Sebastian Lorenz
CEO & Co-founder

Kurz dachte Sebastian daran, auf Facebook nach Denise zu suchen. Da er aber ihren Nachnamen nicht wusste, ließ er es bleiben.

Siebzehn

Sebastian und Benjamin wurden in der Deutschen Demokratischen Republik geboren. Die Deutsche Demokratische Republik war im Selbstverständnis ein sozialistischer Staat und existierte von 1949 bis 1990. Die politische Macht des Staates lag in den Händen der Sozialistischen Einheitspartei. Dem Sozialismus lag die marxistisch-leninistische Ideologie zugrunde: Alle Menschen sind von Natur aus gleich; Unterschiede in der Begabung sind als Folge der sozialen Ungleichheit angesehen; erst im Sozialismus, der eine klassenlose Gesellschaft anstrebe, sei eine optimale Förderung aller Menschen möglich.

```
Ideologie, die
      1. an eine soziale Gruppe, eine Kultur o. Ä. gebun-
denes System von Weltanschauungen, Grundeinstellungen und
Wertungen
```

Sebastian und Benjamin sind in der Bundesrepublik Deutschland aufgewachsen. Die Bundesrepublik Deutschland ist im Selbstverständnis ein freiheitlich-demokratischer und sozialer Rechtsstaat. Die Wirtschaftsordnung in der Bundesrepublik Deutschland ist die Soziale Marktwirtschaft (im internationalen Kontext auch Rheinischer Kapitalismus genannt). Ideologie der Sozialen Marktwirtschaft: „…auf der Basis der Wettbewerbswirtschaft die freie Initiative mit einem gerade durch die wirtschaftliche Leistung gesicherten sozialen Fortschritt zu verbinden."

```
Ideologie, die
      2. politische Theorie, in der Ideen der Erreichung
politischer und wirtschaftlicher Ziele dienen
```

Am Morgen wachte Sebastian um 7:00 auf. Es war ein klarer Tag. Sebastian nahm eine lange Dusche, dann ging er in die Küche, um zu frühstücken. Seine Großmutter war nicht da. Auf dem Tisch lag ein Zettel: Bin bei Opa. Such dir was zu essen!

Sebastian machte sich ein weiteres Mal Käsebrote mit Stachelbeermarmelade. Dazu trank er Kaffee. Während des Frühstücks hörte er Volksmusik. Als er aufgegessen hatte, ging er hinunter zur Hütte.

In Benjamins Büro angekommen, war das erste was Benjamin sagte: "Und- was ist rausgekommen?"

"Guten Morgen."

"Wo warst du denn gestern? Ich hab versucht dich ein paar Mal anzurufen."

"Oben im Gartenhaus."

"Und vorgestern?"

"Erzähl ich dir später."

Benjamin sah ihn verwundert an.

"Okay. Aber jetzt sag: Was ist rausgekommen?"

"Entweder ihr nehmt das letzte Angebot innerhalb der nächsten 24 Stunden an, oder Huberts zieht es zurück und es gibt überhaupt keine Abfindung."

"Aber was ist mit unserer Idee?"

"Abgelehnt."

"Aber hast du nicht versucht, ihn zu überzeugen?"

Sebastian überlegte kurz. Dann sagte er: "Benni- ich hab alles versucht."

Benjamin stand auf und schlug auf den Tisch.

"Verdammte Scheisse!"

"Sorry!"

"Geht da wirklich gar nichts mehr?"

"Ich denke nicht."

"Du denkst oder du weißt?"

"Ich weiß."

Benjamin ging zur Bürotür. Er öffnete sie und rief in den Gang: "Herrschaften, kommt mal bitte alle!"

Innerhalb von zwei Minuten standen die in der Hütte verbliebenen zwanzig Männer in dem kleinen Büro.

"Ich hab eine Ankündigung zu machen", sagte Benni und schaute jeden der jungen Männer einzeln in die Augen. "Der Huberts hat unsere Vorschläge abgelehnt."

Die jungen Männer stöhnten.

"Dieser Penner", sagte einer jüngeren.

Andere stimmten ihn bei.

"Ja, ist scheisse gelaufen. Sebastian hat alles versucht, aber anscheinend kann man den alten Sack einfach nicht umstimmen." Sebastian schaute auf den Boden.

"Ihr wisst, was das bedeutet", führte Benjamin fort.

Die Jungs nickten.

"Holt euch die Handschellen aus dem Schrank."

"Na, endlich!", rief ein andere junger Mann.

"Zeit wird's!", wieder ein anderer.

Sebastian ging hinüber zu Benjamin und fragte: "Was soll denn das jetzt? Handschellen?"

"Yup, mein Lieber. Plan C."

"Plan C?"

"Wir werden uns an die Maschinen anketten. Die Arschlöscher werden uns raustragen müssen, wenn sie uns weghaben wollen."

"Ach, hör auf mit dem Quatsch! Nehmt das Angebot an und verschwindet von hier."

"Sorry, Großer. Aber das kannst du vergessen."

"Hör mal- das Ding ist gelaufen…"

Benjamin reichte Sebastian ein Paar.

"Was soll ich denn damit?"

"Entweder du gehst jetzt oder du schließt dich mit an", erwiderte Benjamin. "Ne andere Möglichkeit gibt's nicht."

"Spinnst du?"

Benjamin erwiderte nichts. Sebastian schaute sich die Handschellen ein paar Sekunden lang an, dann sagte er: "Ach verdammt. Gib halt her."

Sebastian nahm das Paar und ging seinem Cousin und den anderen jungen Männern hinterher und hinunter zu der Beladehalle. Sebastian setzte sich neben einen der jungen Männer auf den kalten, feuchten Boden. Als sich Sebastian gesetzt hatte, legte Benjamin ihm die Handschelle an die rechte Hand und verband diese mit einem Rohr hinter Sebastian. Der junge Mann neben Sebastian nickte ihm zu.

"Jetzt geht's nochmal rund", sagte er.

"Sieht wohl ganz danach aus", erwiderte Sebastian.

Benjamin ging nach vorn zum Tor und schlug mit seiner Hand dagegen.

"Geht los!", rief er.

Das Tor fuhr nach oben. Auf halber Höhe wies Benjamin den jungen Mann auf der anderen Seite an, er solle die Journalisten holen gehen. Der junge Mann rannte los.

Sebastian musste plötzlich an das Wort Teambuilding denken. Sein Cousin war ein guter Team-Builder.

```
Teambuilding Events in Sebastians Firma:
-Kino (meistens Superhelden-Filme oder Sci-Fi); danach
saufen
-CS:GO, League of Legende, Team Fortriss 2, Starcraft 2 im
Büro; danach saufen
-Bars in Kreuzberg oder Neukölln besuchen, dort saufen.
```

Benjamin kam zurück zu den bereits angeketteten.

"Was hast du denn mit der Presse vor?", fragte Sebastian.

"Naja, die sollen über unseren Arbeitskampf hier berichten. Damit auch jeder sieht, dass wir es ernst meinen."

"Ich glaube, das wussten die Leuten schon, als du die Besetzung angekündigt hattest."

"Vielleicht. Aber jetzt geht es…"

"Schau mal, Benni! Ich hab noch was anderes mitgebracht", rief der junge Mann vom Tor in die Halle. Alle drehten sich zu dem jungen Mann hinüber. Der junge Mann hielt zwei Luftgewehre hoch.

"Sag mal, bist du verrückt geworden?", rief ihm Benjamin zurück.

"Wieso denn?", erwiderte der junge Mann. "Wenn die uns holen wollen, dann gibt's Rambazamba, Benni!"

"Was soll das denn? Das hatten wir nicht abgesprochen, Robi! Hör auf mit dem Scheiss!"

"Ich dachte…"

Doch kurz bevor der junge Mann seinen Satz beenden konnte, tippte ihm der Journalist, den Sebastian ein paar Tage zuvor geschubst hatte, auf den Rücken. Der junge Mann schreckte zurück und fiel. Er fing sich mit seinen Ellenbogen ab, doch es tat einen lauten Schlag, der durch die gesamte Halle schallte. Rauch stieg auf. Ein Schuss hatte sich gelöst.

Achtzehn

Vesting: Abrede, wonach die zugeteilten Mitarbeiter-Betei-
ligungsrechte verfallen, wenn das Arbeitsverhältnis vor
Ablauf der "Vesting"-Periode beendet wird.

Sebastians Vesting-Periode dauerte noch fünf Monate, daher konnte er sich einen längeren Gefängnisaufenthalt nicht leisten. Was ihn in diesem Moment allerdings mehr störte: dass er sein iPhone nicht zur Hand hatte um den Begriff Horda Azurra zu googeln, der vor ihm in die gelb-angestrichene Steinwand gehauen war.

"Da hat Ihnen Ihr Cousin ja ordentlich was eingeschenkt", sagte der Beamte, als er mit dem Tee in der Tür stand und Sebastian den Pappbecher reichte.

"Wie bitte?"

"Ich sagte: Da hat Ihnen Ihr Cousin ja ordentlich was einge-schenkt."

"Eingeschenkt?"

"Oder eingebrockt. Wie auch immer Sie es nennen wollen."

"Achso", für einen kurzen Moment dachte Sebastian, der Beamte meinte den Tee, "Ja, sieht ganz danach aus."

Sebastian nahm den Becher und trank ihn in zwei Schlucken aus. Der Tee war lauwarm.

"Ist Hagebutte."

"Hagebutte ist super. Danke."

Der Beamte nahm Sebastian den Becher wieder ab.

"Sagen Sie:", draußen war es bereits seit Stunden dunkel, "Wie spät haben wir es eigentlich?"

"Kurz vor sieben."

"Erst kurz vor sieben?"

Sebastian saß gerade einmal vier Stunden ein.

"Was dachten Sie denn, Herr Krauße?"

"Ich dachte später."

"Nein, nein."

"Okay."

"Aber wissen Sie was?"

"Was?"

"Wir sehen uns später."

Sebastian war sich unsicher, ob das ein Scherz gewesen war, also reagierte er sicherheitshalber nicht.

Der Beamte verließ die Zelle wieder und schloss die Tür. Es klackte drei Mal laut, dann ging er zurück in sein Büro.

Das war das zweite Mal, dass Sebastian im Gefängnis saß. Drei Jahre zuvor verbrachte er einen Nachmittag in einer Zelle in Tegel, da er wegen wiederholter Schwarzfahrerei verurteilt worden war. Insgesamt sollten es fünfzehn Tage Plötzensee werden. Dazu kam es allerdings nicht, da sich Erik in letzter Minute dazu entschlossen hatte, die 450 Euro Strafe für Sebastian zu zahlen. (Danke Erik!) Nachdem die beiden die Polizeistation wieder verlassen hatten, gingen sie zum nächsten Spätkauf, kauften sich sechs Flaschen Sternburg Export, dazu eine Packung American Spirit, und verbrachten den Rest des Tages auf der Admiralsbrücke. Das war im Sommer gewesen und in Berlin. Jetzt war Winter und Sebastian war in Saalfeld an der Saale. Jetzt war er Geschäftsführer eines Unternehmens, das mit 7,5 Millionen Euro bewertet wurde, und hatte genug Geld für Fahrscheine. Aber wegen Schwarzfahren saß er ja auch diesmal nicht ein.

Neunzehn

Der perfekte Pitch:

1. Zehn Seiten in der PowerPoint. Nicht mehr.
2. Zwanzig Minuten für die Präsentation. Nicht länger.
3. Schriftgröße auf den Folien 30. Nicht kleiner.

Aufbau der Präsentation:

1. Folie: Titel. Name der Firma, des Produkts, eigener Name
2. Folie: Das Problem. Beschreibe das Problem im Markt, das deine Firma oder dein Produkt zu lösen will.
3. Folie: Leistung. Beschreibe die Leistung, die deine Firma oder Produkt dem Kunden bringt.
4. Folie: Magic. Liste auf, was dich von anderen Mitbewerbern unterscheidet und dir einen Vorteil verschafft (Technologie, Patente, Gründerteam).
5. Folie: Geschäftsmodell. Wie wird Geld verdient.
6. Folie: Markteintritt. Beschreibe, wie du dein Produkt auf dem Markt platzieren willst.
7. Folie: Wettbewerbsanalyse. Wer ist bereits auf dem Markt und hat ähnliches vor.
8. Folie: Management-Team.
9. Folie: Finanzprognosen und Metriken.

10. Folie: Aktueller Status und Next Steps (Timeline).

Sebastian wurde munter, als er jemanden den Gang herauf kommen hörte. Die Schritte endeten vor seiner Tür. Als die Tür aufging, setzte er sich und schaute zu der Tür hinüber. Es war mittlerweile 22:00 Uhr.

"Diesmal kein Tee, Herr Krauße."

"Sondern?"

"Sie können gehen."

"Bitte?"

"Sie können gehen, Herr Krauße."

Sebastian stand auf, verließ die Zelle und ging dem Beamten hinterher in sein Büro. Benjamin saß bereits in den Raum und fädelte sich seine Schnürsenkel wieder ein.

"Hey!"

"Hey!"

Sebastian nahm seine Gegenstände (iPhone, Geldbeutel, Feuerzeug, Gauloises Blau, Gürtel, Schnürsenkel) aus der Schachtel und steckte diese ein. Dann fragte er den Polizeibeamten: "Und warum genau können wir gehen?"

"Die PSP Europe hat die Anzeige fallen lassen."

"Einfach so?"

"Mehr kann ich Ihnen auch nicht sagen. Von der Staatsanwaltschaft werden Sie aber noch hören."

Auch Sebastian fädelte sich die Schnürsenkel wieder ein und legte seinen Gürtel um. Danach nahm er sich seinen Dufflecoat.

"Hier noch unterschreiben", sagte der Beamte als die beiden fertig waren. Danach verabschiedeten sie sich.

"Frohes Fest", sagte Benjamin und gab den Beamten die Hand.

"Gleichfalls. Und überlegen Sie es sich das nächste Mal bitte zweimal, wenn Sie sich irgendwo anketten wollen, ja?"

"Wir versuchen's."

Auch Sebastian gab dem Beamten die Hand.

"Danke nochmal für den Tee."

"Keine Ursache."

Claudia und Bernd warteten vor der Polizeistation. Es schneite. Als die beiden Sebastian und Benjamin aus der Station kommen sahen, kam Claudia herüber gelaufen und umarmte Benjamin. Danach gab sie Benjamin einen Kuss, danach schlug sie ihm mit der Faust auf dem Oberarm.

"Ihr habt sie echt nicht mehr alle!"

Benjamin schaute auf den Boden.

"Mit Handschellen? Ernsthaft? Wer macht denn sowas?"

Sebastian zündete sich eine Zigarette an.

Claudia kam zu Sebastian und umarmte auch ihn.

"Und du? Hättest du den Jungs nicht mal von dieser bekloppten Idee abbringen können?"

"Naja, ich hab's ja versucht…"

"Nen Scheiß hast du!", schoss Benjamin zurück.

"Naja, vielleicht hab ich es nicht unbedingt mit Nachdruck…"

Die drei gingen zum Wagen von Bernd. Bernd umarmte zuerst seinen Sohn, dann seinen Neffen.

"Weiß man schon mehr vom Reporter?", fragte Benjamin.

"Jaja, dem geht's gut. War nur ein Streifschuss. Wird seinen Arm jetzt mal für ein paar Tage still halten müssen, aber das war's auch schon", sagte Bernd.

"Und was ist mit Robert?"

"Naja, auf den wird wohl ne Anzeige zukommen. Was denkt der sich auch, da auf einmal ein paar Luftgewehre mitzubringen. Spinnt der?"

"Jaja, spinnen tut er. Aber er ist halt auch noch ein Kind."

"Ich hab sowas als Kind nicht abgezogen!"

"Ach, komm: Du hast noch krasseren Scheiss gemacht."

"Los, steigt ein."

Claudia ging auf den Beifahrerplatz, Sebastian und Benjamin stiegen hinten ein. Bernd startete den Wagen und fuhr los.

Als sie aus Saalfeld raus waren, sagte Bernd: "Hört mal, Jungs. Ich muss euch was sagen."

Sebastian und Benjamin schauten sich an. Dann schauten sie in den Rückspiegel. Bernd schaute auf die Strasse.

"Der Opa ist heute Morgen verstorben."

Sebastian schaute wieder zu Benjamin. Benjamin schaute nach draußen.

"Was?", sagte Sebastian.

"Ja."

Alle schwiegen. Nach einer Minute fragte Benjamin: "Wann denn?"

"Kurz nachdem ihr festgenommen wurdet. Gab ne Komplikation bei der Operation."

Als sie oben in Reichmannsdorf ankamen, sagte Bernd: "Deine Mutter ist schon auf den Weg her, Basti."

"Meine?", fragte Sebastian noch einmal nach.

"Ja, deine. Oder gibt es hier noch einen anderen Basti?"

In Obergrundbach war alles ruhig. Die Journalisten schienen wieder gefahren zu sein. Bernd rollte langsam den Berg hinauf, nur in wenigen Häusern brannte noch Licht.

"Ich geh mich mal duschen", sagte Benjamin, als er und Claudia ausstiegen. "Ich komm dann aber nochmal hinter."

Sie gingen vor zu ihrem Haus, Sebastian und Bernd zu dem Haus von Sebastians Großeltern.

Sebastians Großmutter stand am Herd und schnitt Kartoffeln in einen Topf. Als Sebastian sie umarmte, zitterte sie leicht.

"Es tut mir so leid, Oma", sagte Sebastian.

Seine Großmutter erwiderte nichts, sondern schnitt weiter. Sebastian schenkte sich eine Tasse Tee ein und schaute von der Küche aus ins Wohnzimmer. Im Fernsehen lief Biathlon. Er schaute von der Küche eine Weile lang zu. Die Batterie seines iPhones war leer.

Kurz nach elf hörte er wie ein Wagen den Berg herauf gefahren kam. Er ging ans Fenster und schaute hinunter. Es war ein Taxi.

"Wer kommt denn da?", war das erste, was Sebastians Großmutter sagte, seit er angekommen war.

"Ich glaub, das ist meine Mutter."

Es klingelte. Katrin öffnete die Tür und Sebastian hörte wie die beiden sich begrüßten. Danach kam seine Mutter nach oben. Sie öffnete die Küchentür, ließ ihre Reisetasche fallen und ging, ohne die Tür wieder zu schließen, sofort zu Sebastians Großmutter und umarmte sie. Beide fingen an zu weinen und hielten sich ein paar Minuten lang fest. Als sich die beiden wieder losließen, holte Sebastians Mutter ein Taschentuch aus ihrer Jackentasche und wischte das Gesicht ihrer Mutter ab. Danach ihr eigenes. Dann fingen beide an zu lachen. Sebastians Mutter kam zu ihn herüber und umarmte ihren Sohn ebenfalls.

"Na, und du?"

"Na", erwiderte Sebastian.

Auch die beiden hielten sich eine Weile lang fest.

"Ihr macht ganz schönen Scheiss, wisst ihr das."

Als Sebastians Mutter sah, dass ihre Mutter mit dem Kochen einer Suppe beschäftigt war, nahm sie sich ebenfalls ein Schneidebrett und ein Messer und machte sich an die Möhren.

"Soll ich euch auch irgendwie helfen?", fragte Sebastian.

Seine Mutter lachte. "Nee, lass mal. Ich glaube, du hast in der letzten Woche hier schon genug geholfen."

"Ja, das denk ich auch", stimmte ihr Sebastians Großmutter bei. Dann legte sie ihr Messer ab und ging hinüber ins Wohnzimmer. Sie kam zurück mit einer Flasche Kümmerling aus dem Schnapsschrank und stellte diese auf den Tisch.

"Ich glaub, den brauchen wir jetzt", sagte sie und holte drei Gläser aus dem Schrank.

Sebastian und seine Mutter gingen hinüber zum Tisch. Sebastians Mutter öffnete die Flasche und schenkte jeden ein Glas ein.

"Auf den Vater!", sagte Sebastians Mutter.

"Auf den Opa", sagte Sebastian.

"Prost!", sagte Sebastians Großmutter.

Die drei stießen an und tranken ihre Gläser in einem Schluck aus. Danach tranken sie einen zweiten.

Sebastians Großmutter atmete langsam aus.

"Kommt- lasst nach draußen gehen", sagte sie und stand auf.

Sie zog ihre Strickjacke über und nahm ihr Glas. Sebastians Mutter nahm die Flasche und die drei gingen nach Hintendraußen.

Im Gartenhaus brannte Licht. Als die drei das Gartenhaus betraten, saßen Bernd, Katrin, Claudia und Benjamin bereits am Tisch. Die Hunde lagen unter ihnen und schliefen.

"Ach! Schau an, wer sich zu uns gesellt", sagte Bernd als er die drei sah.

Er stand auf und umarmte seine Schwester.

"Schön dich zu sehen!", sagte Bernd.

"Ebenfalls, Herr Lichte", erwiderte Sebastians Mutter.

Benjamin holte Bier für die drei aus dem Kühlschrank, öffnete diese und stellte sie auf den Tisch.

"Dank dir", sagte Sebastian und nahm einen Schluck. Danach zündete er sich eine Zigarette an.

"Schön, dass du es auch mal in die alte Heimat geschafft hast", sagte Bernd zu Sebastians Mutter.

"Der Anlass hätte ein besserer sein können."

"Na, zu meinem Fünfzigsten war die Dame ja beschäftigt."

"Ich war in Indien zu der Zeit."

"Hättest ja zu einer anderen Zeit nach Indien gehen können."

Sebastians Mutter schenkte allen einen Kümmerling ein.

"Es war schon gebucht! Außerdem will ich das jetzt nicht diskutieren. Auf den Vater!"

"Auf den Vater!"

Alle tranken den Schnaps mit einem Mal aus. Dann gab es eine zweite Runde.

Es wurde geredet über den Großvater, es gab mehr Schnaps, es wurde geraucht.

"Mir zerrt's die Augen langsam zu", sagte Benjamin um Punkt drei Uhr. "Ich glaub, ich werd mich langsam schlafen legen. War ein langer Tag."

"Ja, mir leider auch", sagte Claudia.

Sebastian schaute sich um. Dann sagte er: "Ja, ich glaub ich geh dann auch mit."

Die drei verließen das Gartenhaus. Sebastians Mutter, Großmutter, Onkel und Tante redeten noch bis in die frühen Morgenstunden.

Zwanzig

Konrad Huberts, 59, Vice President of European Business, sollte die Glashütte in Obergrundbach schnell abwickeln. "Give them 20% more than what the union asks and get this over with", hatte sein Vorgesetzter gemeint, "We have to transfer the contracts to Zhao-qing." Konrad Huberts wollte damit bis Weihnachten durch sein (Skifahren mit den Töchtern in Avoriaz war geplant) und hatte es knapp geschafft.

Seit über einer Stunde stand er bereits auf dem Rollfeld in Zaventem und wartete auf die Starterlaubnis für die Gulfstream. Konrad Huberts musste an diesem Tag noch nach Tschechien, um sich die neue Anlage in der Nähe von Košťany anzuschauen. Danach: Eine Woche frei. In den letzten sieben Tagen hatte Konrad Huberts insgesamt 26 Stunden geschlafen.

Er nahm sein Blackberry vom Tisch und schrieb:

Von: "Konrad Huberts" <k.huberts@psp-europe.com>
An: sebastian@findrights.com
Betreff: Pitchdeck

Hallo Herr Krauße,

der Ausgang der Verhandlungen ist sicherlich unangenehm für beide Parteien.

Mein Angebot besteht allerdings weiterhin: Schicken Sie uns doch ihr Pitch-Deck, inklusive Zahlen aus dem letzten Jahr, sowie Ihre Prognosen für die Zukunft zu, und unsere Manager werden es prüfen. Vielleicht kommen wir ja doch noch zusammen.

Mit Gruß,

Konrad Huberts

PS: Ihnen ein frohes Fest!

Konrad Huberts
Vice President of European Business

Einundzwanzig

Erik: Wo bist du? #Spasst!
Sebastian: Ich muss noch ein wenig bleiben. Zweite Beerdigung.
Erik: No shit?
Sebastian: No shit!
Erik: Ach hör auf!
Sebastian: It's true.
Erik: Beileid!
Sebastian: Thx!
Sebastian: Am 25. komme ich zurück.

Die Beerdigung fand drei Tage später statt. Auf die Kirche wurde verzichtet, man traf sich direkt am Grab. Es war ein sonniger Morgen.

Sebastian ging Arm in Arm mit seiner Mutter den Mittelbergsweg nach vorn zum Friedhof.

"Boah, du riechst aber streng", sagte sie.

"Ja, ich hab den Anzug schon seit über ner Woche an. Hier gibt's halt leider keine Reinigung."

"Das hält ja kein Mensch aus."

"Da musst du durch heute."

"Naja, einmal im Jahr werd ich den Gestank meines Sohnes wohl aushalten können."

"Schade, dass Henri nicht kommen konnte."

"Ja, er hätte sich auch gefreut dich mal wieder zusehen."

Sebastian zündete sich eine Zigarette an.

Fünfzehn Minuten später beim Grab versammelt: Sebastians Großmutter, Bernd, Katrin, Sebastians Mutter, Heike, Erwin, Claudia, Benjamin und Sebastian. Dazu: der Rest des Dorfs.

Nachdem der Pfarrer durch war und die Erde auf die Urne gestreut, wurde sich das Beileid ausgesprochen.

Während der Rest der Familie noch am Grab stand, gingen Sebastian und Benjamin schon los zur Gisela. Dort wurde gegessen.

"Wann fährst du?", fragte Benjamin.

"Morgen."

"Soll ich dich runter schaffen?"

"Wenn du Zeit hast."

"Naja, auf die Arbeit muss ich ja nun nicht mehr."

"Sorry, dass es so ausgegangen ist."

"Kannst ja nichts dafür."

"Dann sorry, dass ich euch nicht wirklich helfen konnte."

"Wenigstens hast du's versucht."

"Was wirst du jetzt machen?"

"Keine Ahnung. Erstmal Urlaub. Dann mal schauen."

Die letzte Reise, die Benjamin unternommen hatte, war New York City gewesen. Pauschalreise. Gebucht online. Mit dem Zug ging es nach Frankfurt am Main, dann direkt mit American Airlines. Übernachtet wurde im Radisson Martinique on Broadway. Es wurde sich angeschaut: Liberty Island, Empire State, Central Park, American Museum of Natural History, 9/11 Memorial, Coney Island.

"Urlaub ist ne gute Idee."

"Wahrscheinlich bewerb ich mich dann in Kleintettau. So weit ist das auch nicht von hier. Das kann man schon pendeln. Und du? Was ist mit dir und deiner Firma?"

"Ist alles ein wenig offen jetzt. Mal schauen, ob wir das Investment noch zusammen bekommen. Wenn nicht, dann werd ich auch erstmal Urlaub machen."

"Wie lang habt ihr die Firma jetzt?"

"Zwei Jahre. Aber in der Zeit hab ich auch keinen Urlaub gehabt."

Die letzte Reise, die Sebastian unternommen hatte, war mit Erik nach München gewesen. Investorenpitche. Am ersten Abend Hofbräuhaus (die Investoren luden ein). Am zweiten Abend Tantris (die Investoren luden ein), danach P1 (die Investoren luden ein).

"Naja, in zwei Jahren kann man ja auch mal Urlaub machen."
"Vielleicht mach ich auch einen längeren Sabbatical."

Sabbatical: Auszeit (Länge variiert) nehmen, um sich zu finden und/oder seine "Batterien aufzutanken". Besonders beliebt bei Besserverdienern.

"Ach, so ein Quatsch! Ein normaler Urlaub wird schon reichen."
"Ja, wahrscheinlich hast du recht."
Die beiden standen vor der Gisela und schauten hinunter auf die Hütte.
"Du ich hab mir überlegt, mir vielleicht ein paar Kühe zuzulegen. Wir haben ja noch die Wiese oben bei dem Rasthaus."
"Ich glaube, dass hätte dem Opa gefallen."
"Ja, das glaub ich auch."
"Wo warst du eigentlich an dem Nachmittag, nachdem du in Saalfeld bei dem Anwalt warst?"
"Ach…"
"Jetzt sag schon!"
"Ich hab da so eine kennengelernt."
"Was?"
"Ja, in Saalfeld."
"Und?"
"Und was?"
"Ja, weiter!"
"Naja, ich war dann bei ihr und wir haben gefickt."
"Hör auf!"
"Ist so."
"War die von hier aus der Nähe?"
"Jaja."
"Wer war das denn?"
"Ist doch egal."
"Nee, jetzt sag!"

"Nee, am Ende kennst du die noch."

"Ich kenn die mit Sicherheit."

"Siehst du- deswegen."

"War's mit der Schuberts Denise?"

"Kann schon sein."

"Das ist doch die Ex-Freundin vom Enrico! Wenn der das raus-findet, schlägt er dich zusammen!

Benjamin musste lachen.

"Wann soll ich dem denn mal begegnen?"

"Pass nur auf- der sucht dich in Berlin auf!"

"Ach- Bullshit."

Auch Sebastian musste lachen.

"Sag mal: Über was hast du eigentlich mit dem Huberts gespro-chen, als ihr vorgestern den Hang zum Aussichtshäuschen hoch seid?"

"Woher weißt du denn davon?"

"Ich hab meine Ohren überall, Großer. Das ist schließlich mein Dorf."

"Sieht ganz so aus."

"Also?"

"Ach, nichts weiter. Jetzt ist auch egal."

"Okay."

"Wollen wir reingehen?"

"Ja, lass machen."

Zweiundzwanzig

Sebastian ging mit seiner Mutter noch ein letztes Mal in das Haus seiner Großeltern in Schmiedefeld. Sie nahmen mit: Fotoalben, gerahmte Fotos an den Wänden, ein paar Tassen, ein paar Jacken. Sebastian verpackte die Dinge bei der Post in Saalfeld und ließ sie sich nach Berlin schicken. In Saalfeld verabschiedete er sich von seiner Mutter und von Benjamin.

"Das nächste Mal kommst du aber nicht erst wieder in drei Jahren."

"Ich werd's versuchen."

Das Erbe schlug Sebastian aus.

Später im ICE von Erfurt nach Berlin saß Sebastian gegenüber einer jungen Frau. Er fragte sich, ob er sie kannte und nickte ihr zu. Sie reagierte nicht.

Kurz darauf vibrierte sein iPhone: New Mail.

"Hier mal die Liste mit den Investoren, die wir angehen sollten. Helber meint er kennt ein paar davon und macht uns Intros. Die Überrhein-Ventures haben wohl auch gerade einen neuen Fond aufgesetzt. Da geht bestimmt was. Übernimm du die blau markierte, ich mach die in gelb. Ach ja: Ballern zu Sylvester bei Johann. Danach Watergate (Johann hat GL)."

Sebastian öffnete die Excel. 12 Kontakte waren blau angestrichen. Irgendwie würde sich die Million schon auftreiben lassen.

***

Aus der Osttühringer Zeitung vom 23.12.2011:

*Polizeieinsatz beendet Hausfriedensbruch in der Glashütte Ober-
grundbach.*

*Die Besetzung der Obergrundbacher Glashütte endete am Mittag des
21.12. mit einem Sprichwörtlichen Knall: Der Schlosser Robert H.
(19) schoss mit einem Luftgewehr auf einen Reporter des Spiegels und
verletzte diesen leicht. Als die Polizei keine fünf Minuten später in der
Abfertigungshalle des Werks eintraf, fanden sie neben dem Schützen
fünfzehn weitere Mitarbeiter vor, die sich mithilfe von Handschellen
an der Verpackungsanlage festgekettet hatten. Die Polizei nahm alle
Täter fest und die Staatsanwaltschaft ermittelt wegen Hausfriedensbruch mit Waffengewalt. Der Reporter des Spiegels konnte das Krankenhaus bereits wieder verlassen.*

*Diese Aktion beendete den kurzen aber energetischen (und teilweise
abstrusen) Arbeitskampf eines Teils der ehemaligen Belegschaft, die
gegen die Schließung des Werks demonstrierten. Ihre Forderung: Die
Schließung durch "Verkauf oder Rückgabe des Betriebs an die Belegschaft" zu stoppen. An wen die Glashütte Obergrundbach verkauft
werden oder wie eine Rückgabe des Werks an die Belegschaft aussehen
solle, erklärten die ehemaligen Mitarbeiter jedoch nicht.*

*Die PSP Group Europe ließ unterdes verlauten: "Wir bedauern es
sehr, dass die Geschichte der PSP Group Europe in Obergrundbach
so enden musste. Dennoch war ein Hausfriedensbruch von unserer
Seite aus nicht tolerierbar. An den mit der Gewerkschaft ausgehandel-
ten Abfindungspaket für die Mitarbeiter, werden wir aber weiterhin
festhalten. Wir wünschen allen ehemaligen Mitarbeitern, sowie der
Gemeinde Obergundbach viel Erfolg für die Zukunft."*

*Wie es mit Obergrundbach nun weitergeht, ist offen. In dem Ort stand
seit fast vierhundert Jahren die Glashütte und war dessen Hauptar-
beitgeber. Bürgermeister Olaf Rother gibt sich dennoch optimistisch:
"Wir Obergrundbacher haben den Tornado 2006 überstanden, da
werden wir auch das überstehen. Desweitern bin ich überzeugt, dass*

wir mit unserer guten Lage und unserem exzellenten Know-How Investoren anziehen werden, welche mit uns hier im Ort einen neuen Betrieb aufbauen."

Die ersten Gespräche sollen bereits laufen.

Daniel Bock, Jahrgang 1985, beim Taco
irgendwo in Mexiko.

www.danielbockisover.com
www.kunstundkapitalismus.com

set the lake on fire